黑暗森林

一個太監的皇帝夢

李西閩／著

第十章

李紅棠回轉身，她看到的是人還是鬼？此人身材高大，穿著一襲黑色袍子，頭上戴著黑色的斗笠，胸前掛著一個銀色的十字架，十字架上有個裸身的小人。他有著一張白生生的臉，突兀的額頭，眼睛幽藍深陷，高高的鷹鉤鼻，寬闊的嘴巴，紅色的鬍茬。李紅棠從來沒見過這種長相的人，難道他就是傳說中的狐仙？

李紅棠嚇得昏倒在地。

「可憐的姑娘！」黑衣人把李紅棠的頭抱在臂彎裡，用另外一隻手的拇指掐住了她的人中。李紅棠悠悠地吐出一口氣，醒轉過來。她真切地聽到黑衣人充滿慈愛的聲音，「姑娘，你別怕，我不是壞人，也不是魔鬼，我叫約翰，是上帝派來傳遞福音的人。」李紅棠驚恐地望著他，她不知道什麼叫上帝，也不知道什麼叫福音，掙扎著站了起來，一步步地往後退。

傳教士約翰笑著聳了聳肩，「姑娘，我眞的不是壞人，也不是魔鬼，你誤會我啦——」

李紅棠想，如果他是狐仙或者壞人的話，在她昏迷過去時就加害自己了，可他非但沒有加害自己，還把自己救醒，也許他眞的是好人，可他身上有種奇怪的味道，唐鎮人身上沒有的味道。

她囁嚅地說：「你從哪裡來，要到哪裡去？」

約翰說：「我從很遠很遠的地方來，我去的地方就是你要去的地方。」

李紅棠疑惑地說：「你要去唐鎮？」

約翰誠懇地說：「對，我要去唐鎮。」

李紅棠無語，轉身默默地下山。

約翰說：「姑娘，你等等——」

他跑進路旁邊的松林裡，不一會，牽出一匹高大的棗紅馬，馬背上馱著兩個箱子。約翰牽著馬，追了上來。李紅棠看到這匹漂亮的棗紅馬，心裡對狐仙的疑慮打消了，可她對約翰還是十分警惕，這個怪人爲什麼要來唐鎮？李紅棠伸手摸了摸棗紅馬緞子般的皮毛，她喜歡牠。約翰笑了笑，「姑娘，看你很累的樣子，騎馬吧。」

李紅棠睜大眼睛，「騎馬？」

約翰點了點頭，二話不說，把李紅棠抱上了馬背。李紅棠驚叫起來。約翰說：「別怕，你的手抓住韁繩。」然後，他把李紅棠的腳放在了馬鐙上。李紅棠騎在馬上，很是不安，連聲說：「放我下來，放我下來——」

約翰說：「不用怕，姑娘，我牽著馬走，你坐穩，不會摔下來的。」

不一會，李紅棠的心漸漸平靜下來，騎馬的感覺還眞是不錯，十分奇妙，她想，如果這匹馬是自己的，就可以騎著牠去找母親了，那樣就不會如此辛苦，也可以走到更遠的地方。

騎在馬上，李紅棠對這個叫約翰的人有了些許好感，戒備心稍微放鬆了些。

即將天黑的時候，一個外國人牽著高大的駝著李紅棠的棗紅馬進入唐鎭，在唐鎭引起了不小的震動，唐鎭人紛紛出來看熱鬧。李紅棠羞澀地低著頭，一個勁地對約翰說：「讓我下來，快讓我下來。」

路過土地廟門口時，約翰的腳步緩慢下來，他往土地廟裡面看了看，目光意味深長。

約翰在胡記小食店對面的雨來客棧門前停了下來，把李紅棠抱下了馬。在眾目睽睽之下，李紅棠的臉像燒紅的火炭，燙得難受，一下馬，她就一溜小跑，回到了家裡。

胡喜來走出了小食店。

約翰從頭上摘下斗笠，露出滿頭濃密的紅色頭髮。

胡喜來心裡叫了一聲，「啊，紅毛鬼！紅毛鬼來到唐鎭了！」

冬子在閣樓裡就聽到了街上的喧譁，他打開窗門，看到了那個古怪的外國人，高大的棗紅馬和騎在馬上羞澀的姐姐。他的目光十分迷惘，無法弄清姐姐爲什麼會騎著棗紅馬回到唐鎭，也不明白爲什麼姐姐沒有找回母親，卻帶回了一個長相奇異的男人。他甚至有些不安，感覺這個長相奇異的外國人將要在唐鎭發生什麼禍事。

約翰的棗紅馬吸引了很多唐鎭的孩子，大人們散去後，夜色來臨，他們還在雨來客棧門口，嘻嘻哈哈地觀看那匹漂亮的棗紅馬。阿寶也去看了，他站在那裡，覺得眞實的馬和李駝子紮的紙馬有本質上的不同。約翰在雨來客棧住下了，他把馬背上的兩個皮箱搬進了客棧的房間，棗紅馬也被客棧的夥計牽到後面的院子裡去了，孩子們這才依依不捨地各自回家。雨來客棧是唐鎮唯一的旅館，很小，也就只有四五間客房，因爲山高皇帝遠的唐鎮一年到頭也沒有什麼人來，偶爾會來個把收山貨的客商，就住在這個地方。雨來客棧老闆余成並不是靠開旅館賺錢，唐鎮人都知道，唐鎮的賭鬼們都會在夜色濃重後溜進雨來客棧。

雨來客棧有客人入住，胡喜來高興，因爲客人會選擇到他這裡吃飯，這是他多年的經驗。果然，約翰收拾好東西就來到了胡記小食店。胡喜來見他進來，又是興奮又有些恐懼，這到底是個什麼人？

約翰要了兩個菜，一碗米飯，慢條斯理地吃了起來。吃飯前，約翰閉上眼睛，低著頭，用手指在胸前畫著十字，口裡喃喃地說：「主，求你降福我們，並降福你惠賜的晚餐，因我們的主基督。阿們。」

胡喜來滿臉堆笑地問道：「客官，你需要來點酒嗎？我們這裡的糯米酒味道很不錯。」

約翰搖了搖頭，朝他笑了笑，「我不喝酒，謝謝！」

胡喜來又問：「客官，你是從哪裡來的？」

約翰說：「英國，你懂嗎？」

胡喜來一臉迷茫，「不曉得，從來沒有聽說過。」

約翰又笑了笑，「你現在不就懂了，我是從英國來的。你一定想問，我來這裡幹什麼，是嗎？」

胡喜來點了點頭，心想，這個人還挺鬼的，還明白他心裡想的事情。

約翰說：「我是天主的使者，來傳播天主的福音。」

胡喜來懵懵懂懂地點了點頭，「天主——」

約翰繼續說：「對，天主！天上只有一個神，那就是天主，宇宙萬物都是天主創造的，山川河流，一草一木，飛鳥和魚……你和我，都是天主的產物。人類的貧窮和富貴，生或死，都由天主評定，天主懲罰惡人獎賞善人，萬能的主公平正義。人都是有靈魂的，人死了，靈魂也不會湮滅，靈魂得到天主的寵愛就會升上天堂，否則就會下地獄。」

約翰不說話了，繼續慢條斯理地吃著飯。

胡喜來的目光呆呆地停留在約翰幽藍的眼睛上，彷彿靈魂出了竅。

這時，有個人躲在小食店的門外，往裡面探頭探腦。

吃完飯，約翰閉上眼睛，手指在胸前畫著十字，喃喃地說：「全能的天主，爲你惠賜我們晚餐和各種恩惠，我們感謝你讚美你，因我們的主基督。阿們。我們的天父，願你的名受顯揚，願你的國來臨，願你的旨意奉行在人間，如同在天上。求你今天賞給我們日用的食糧，求你寬恕我們的罪過，如同我們寬恕別人一樣，不要讓我們陷於誘惑，但救我們免於兇惡。阿們。」

躲在門外的那個人神色倉皇地跑開了。

李紅棠燒了一盆熱水，細心地洗著臉，心裡特別不安。冬子獨自坐在閣樓的窗前，眼睛斜斜地窺視著胡記小食店，臉上什麼表情也沒有。那個奇怪的異國人走出小食店前，他看清了門外那個倉皇跑開的人，這個人就是參加團練不久的王海榮，他腰間也挎著刀。他朝興隆巷跑去。

姐姐在洗臉前對他說：「冬子，把窗門關上吧，冷風灌進來了。」

冬子無動於衷。

李紅棠洗完臉，給油燈添了點菜油，用針尖挑了挑燈芯，燈火跳躍著明亮了許多。她拿起了家裡的那面銅鏡，銅鏡是游四娣嫁給李慈林時，游家給的嫁妝，是游秤砣特地到很遠的汀州城裡買回來的。銅鏡好久沒人用了，蒙上了厚厚的一層灰塵，李紅棠悲涼地用布帕擦了擦銅鏡，銅鏡頓時透亮起來。她顫抖著手，把擦亮的銅鏡放在了面前。

冬子瞟了她一眼，突然喊了一聲，「阿姐——」

他撲過來，搶過了銅鏡。

李紅棠哀怨地說：「阿弟，你這是幹什麼呀！」

冬子說：「阿姐，你不要照鏡子，不用照鏡也很美麗——」

李紅棠說：「阿弟，快把鏡子給我。你不要安慰我，我曉得自己變醜了，頭髮也白了。給我吧，不要緊的，讓我看清自己的臉，看清楚到底變成什麼樣子了。就是變成鬼，我也不會難過的，這是我的命！」

冬子眼淚湧出了眼眶，「阿姐，你這是何苦呢？你不要再去找媽姆了，好嗎？」

李紅棠苦笑著說：「媽姆我會一直找下去的，誰也阻攔不了我。阿弟，你不必勸我，也不必擔心我。快把鏡子給我，聽話——」

冬子無奈地把銅鏡遞給了姐姐。

李紅棠的臉湊近了銅鏡，目光落在了銅鏡上，心一下子抽緊，大叫了一聲，手中的銅鏡哐噹一聲掉落到樓板上。

她看到鏡中的那張臉變得皺巴巴的黯淡無光，彷彿看到的是一張老太婆的臉。

她才十七歲呀！

爲什麼會這樣？

爲什麼？

李紅棠欲哭無淚，這才幾天的事情，臉就變老變皺了。她弄不明白這是怎麼回事，自從出生到現在，從來沒有做過傷天害理的事情，和她母親游四娣一樣，是唐鎮最善良的女人。可現在，她彷彿遭了災劫，未老先衰。李紅棠想起了被父親他們殺死的那兩個可憐的異鄉人，難道是父親的報應落在了自己的頭上？

她喃喃地說：「不，這不可能，不可能——」

冬子哭著對她說：「阿姐，你是不是病了？明天到鄭老郎中那裡去看看，讓鄭老郎中給你開點藥吃，就會好的。阿姐，你不會有事的。」

李紅棠把冬子摟在懷裡，哽咽地說：「阿姐不去找郎中，阿姐要找媽姆，等找到媽姆，阿姐就好了。」

冬子在嗚咽。

窗外的風在嗚咽。

李紅棠說：「阿弟，阿姐要是變得越老越醜了，你會嫌棄阿姐嗎？」

冬子含淚說：「阿姐，無論你變成什麼模樣，你都是我的親姐姐，我不會嫌棄你，你在我眼裡，永遠都那麼美麗。」

李紅棠說：「阿弟，你永遠是我的好弟弟，只要我活著一天，就會像媽姆那樣，愛你惜你！」

冬子說：「阿姐——」

這時，傳來了敲門聲。

冬子說：「阿姐，你不要下去，讓我去開門吧。」

冬子擦著眼淚下了樓。

冬子開了門，父親李慈林走進來，帶進來一股寒風，冬子打了個哆嗦。

李慈林問：「紅棠呢？」

冬子說：「阿姐在樓上。」

李慈林發現兒子哭了，粗聲粗氣地說：「你哭什麼？老子又沒有死，等老子死了你再哭吧！」

他急匆匆地上了樓。

李紅棠坐在床沿上，用手帕擦著眼睛，眼睛又紅又腫，像個爛桃子。

李慈林站在她面前，她沒有站起來，也沒有和他打招呼，而是把臉轉到另一邊。李慈林很長時間沒有好好打量女兒了，見到女兒變成這個樣子，心一沉，冰涼冰涼的。他不明白女兒爲什麼會變成這樣，他壓低了聲音說：「紅棠，你這是怎麼啦？」

李紅棠沒有吭氣，不想和父親說任何話。

李慈林見女兒無語，嘆了口氣說：「紅棠，爹曉得對不住你，沒有好好照顧你，等我忙完這一段，順德公眞正登基後，爹會好好待你，你不要再去找你媽姆了，在家好好調養，你要什麼，哪怕是天上的星星，爹也會摘給你的！」

李紅棠還是不搭理他。

李慈林頓了頓，又說：「紅棠，爹問你一件事情，你要如實地告訴我。」

李紅棠無動於衷，心情特別複雜，彷彿又聞到了血腥味，血腥味從父親身上散發出來。

李慈林說：「紅棠，你怎麼會和那個紅毛鬼一起回來的？你是在哪裡碰到他的？」

李紅棠無語。

李慈林焦急地說：「你開口說話呀，紅棠！」

李紅棠還是無語，她不清楚父親爲什麼急匆匆回來問她這個問題，她覺得自己和誰一起回到唐鎮，和他都沒有關係，從親眼看到他殺人那天起，她就和他拉開了距離，天與地般的距離，她不敢相信這就是自己的父親，一個曾經正直善良的人。

李慈林火了，「你說話呀，啞巴了呀——」

李紅棠突然躺上了床，拉過被子，蒙上了頭。

李慈林被女兒的舉動氣得發抖，指著床上的女兒說：「好，好，你不說，你不說好了——」他沒有像打老婆那樣毒打女兒，還保持了一丁點兒良善。李慈林知道女兒是不會向他說出任何事情了，只好跺跺腳，悻悻而去。

上官清秋關好鐵匠鋪的店門，訥訥地說：「死老太婆，還不送飯來！」約翰的到來，對他來說，沒有任何關係。他的兩個徒弟過去看熱鬧回來後，他這樣說：「你們眞是多事，有什麼好看的，唐鎮發生任何事情，我們都不要湊熱鬧，打好我們的鐵就行了，有我們這個手藝，什麼朝代都有飯吃，餓不到我們的，你們聽明白了嗎？」

兩個徒弟頻頻點頭。

過了一會，上官清秋就讓他們回家去了。

上官清秋點上一鍋水煙，咕嚕咕嚕地吸著。他等了很久，才等來朱月娘的叫門聲。

上官清秋開了扇小門，對朱月娘說：「老子都快餓死了，你怎麼才來！」

朱月娘沒有像往常一樣把裝著飯菜的竹飯籠遞進去後就離開，而是從小門裡擠了進去。鐵匠鋪後面還有一個房間，上官清秋晚上就睡在這裡。朱月娘進了那個房間，把竹飯籠放在了黑烏烏的桌子上。

上官清秋發現她的眼睛紅紅的，眼淚汪汪，就說：「死老太婆，說你兩句你就哭呀，什麼時候變成哭臉婆了？」

朱月娘說：「死鐵客子！你以爲我會爲你哭哇，你就是死了，我也不會爲你落半滴淚！」

上官清秋笑笑，「那你這是爲哪般？」

朱月娘嘆了口氣，「說了也等於沒說。」

上官清秋又笑了笑說：「死老太婆，有話就快說，有屁就快放！」

朱月娘說：「我問你一句，死鐵客子，文慶是不是你的骨肉？」

上官清秋說：「你休要在我面前提那個孽種！」

朱月娘說：「死鐵客子，你眞是鐵石心腸哪，我當初怎麼就瞎了眼，嫁給你這個沒心沒肺的東西！文慶無論怎麼樣，也是你的種草，你就如此狠心待他！他出生後到現在，二十多年了，你關心過他嗎，你給過他什麼嗎？」

上官清秋說：「你這話說出來，就太沒有良心了，沒有我辛辛苦苦打鐵賺錢養家，那孽種早就餓死了，我怎麼就沒有管呢！」

朱月娘說：「好，好，你有本事，你賺了金山銀山，我們都過著富人的日子！」

上官清秋說：「你不要說這沒用的話，什麼富人不富人的，比上不足比下總有餘吧，我什麼時候讓你們餓過肚子，又什麼時候讓你們沒有衣服穿，受過凍？」

朱月娘抹了抹眼睛，「好了，我不和你這個死鐵客子吵了，我不是來和你吵架的，我只是想告訴你，你兒子上官文慶一天不如一天了。文慶病得十分厲害，越來越虛弱了，還有呀，他的頭好像也越來越小，身體也越縮越短了……」

上官清秋的身體顫抖了一下，「啊，會有這種事情——」

朱月娘說：「無論如何，文慶是我們的親骨肉，你看怎麼辦吧！再這樣下去，文慶很快就沒了！」

上官清秋不知所措，「這——」

李公公悠然自得地坐在藏龍院的廳堂裡喝茶。

在京城時，哪有如此的好心情，他就是一條成天搖尾乞憐的狗。多年來，他一直提心吊膽，因爲內心的那個死結。李公公自從入宮後，就希望能夠在某一天回到故鄉，找到父親，儘管心裡是那麼仇恨他。他想像著父親在淒風苦雨的漫漫長路中乞討的樣子，心就會莫名其妙地疼痛。他還經常做這樣的噩夢：父親在一大戶人家門口乞討，突然從門裡竄出一條惡狗，朝父親撲了過去，惡狗咬斷了父親的喉管，鮮血汩汩流出，浸透了整個夢境……時間長了，習慣了宮裡生活之後，他就漸漸淡忘了父親，也淡忘了故鄉。他在宮裡小心翼翼地活著，看慣太多的陰謀和爭鬥，血腥和殺戮……好在他聰明伶俐，得到了主子的恩寵，日子過得還算不錯。隨著年歲的漸漸老邁，他又開始想念父親了，父親在他腦海裡只是一個模糊的影子，他認爲父親還活著，像個老妖怪一樣在模糊的故鄉山地活著。吹南風的時候，他彷彿能夠從風中聞到父親和故鄉的味道，忍不住老淚縱橫。時局越來越亂，李公公產生了離開皇宮的念頭。可是，他一無所有，難道像父親那樣一路乞討回唐鎮？那是難以想像的事情！皇宮裡到處都是寶貝，古董字畫什麼的，哪一件東西都是値錢貨！於是，他產生了一個大膽的念頭，偷東西出去賣……時間一長，他就有了很多的銀子。他必須離開皇宮，就算沒有對父親和故鄉的那份掛牽，他也必須離開，否則偷東西的事情要是東窗事發，他將死無葬身之地。那天慈禧太后關心，他斗膽提出了返鄉養老的想法。慈禧太后怪怪地瞪著他，長時間沒有說出一句話。李公公雙腿打顫，彎著腰，汗如雨下。慈禧太后終於笑出了聲，並且恩准他回鄉，還給了他不少銀子。李公公第二天一早，就離開了皇宮，踏上了漫長的歸鄉路。離開皇宮，他卸下了沉重的負擔，有逃出牢籠的感覺，彷彿一步就從肅殺的寒冬跨入了鶯歌燕舞的春天。李公公以爲回到唐鎮，可以看到父親，可以沉浸在溫暖的鄉情裡。他路上所有的美好想像被現實擊得粉碎。父親根本就沒有回到唐鎮，不知所終，也許還沒有走出京城，就倒臥街頭了。李公公十分憂傷，更讓他憂傷的是，唐鎮人對他投來的鄙夷目光。一次，有人在竊竊私語，嘲笑他是個閹人。聽到那些話語，他陷入了一片黑暗之中，悽惶地逃回住的地方，抱著一個陶罐，潸然淚下。閹人，閹人……在皇宮裡，除了皇帝，所有的男人都是閹人，都是弓著腰跪著生的閹人，沒有尊嚴的閹人！他以爲走出了皇宮，自己就是個正常人了！他錯了，到底自己還是個沒有尊嚴的閹人！他想起了一個女人，被自己掐死的一個女人！因爲他深得慈禧太后的恩寵，慈禧太后允許他娶妻。那個只做了他幾個月妻子的女人，在他眼中是個蕩婦。他經常在晚上脫光了女人的衣服，提著燈籠照她的裸體。女人的裸體令他目光迷亂，喉嚨裡發出嘰嘰咕咕的聲音，他伸出手，用長長的指甲輕輕地刮女人泛著白光的細嫩皮膚，女人喘息急促起來，他的呼吸也急促起來，放下燈籠，就像餓鬼般撲上了女人的肉體。可他是個閹人，只能用手和舌頭發洩內心熊熊燃燒的欲火……久而久之，女人對他絕望了，用沉默對抗他的無能，他也心如死灰。偶爾，他會在半夜醒來，強行把女人的衣服剝光，低吼著在她的身體上又抓又撓，弄得女人痛不欲生，可她咬著牙，一聲不吭，報之以冷漠。某個深夜，李公公回家晚了，當他悄悄地退開虛掩的房門，就聽到了女人的呻吟。他的腦袋嗡的一聲，難道女人和哪個男人在做見不得人的事情？他撲過去，拉開帳子一看，女人赤身裸體，竟然自己把手放在陰部……李公公拿起一根棍子，拚命地打她，邊打邊說：「臭婆娘，臭婆娘——」女人實在受不了了，大聲說：「閹人！你有本事打死我，我早就不想活了！和你這個閹人在一起，生不如死！」閹人這個詞無情地擊中了李公公的要害，他瘋了，扔掉手中的棍子，撲過去，雙手死死地掐住女人的脖子。女人掙扎著，兩腿亂蹬……她的臉色脹得青紫，眼睛突兀，瞳仁漸漸放大擴散，最後渾身癱軟下去，一命嗚呼！女人死了，他也沒有放手，雙手還是死死地掐住她的脖子……李公公眞的想掐死唐鎮那些說他閹人的人，可他沒有力量！他自言自語道：「我要讓你們都跪在我的腳下，讓你們都成爲閹人！」於是，他想到了高高在上的皇帝，是的，在皇權面前，所有的人都是閹人！沒有尊嚴的閹人！他已經做了一輩子沒有尊嚴的閹人，在死之前，他必須做個有尊嚴的人！他要讓唐鎮人在他面前抬不起頭，讓他們臣服……

現在，一切都在他的掌控之中，事情往著既定方向順利發展，李公公能不心曠神怡嗎！

李慈林急匆匆地走進來，後面跟著王海榮。

李慈林走到李公公面前，跪下說：「小人給皇上請安！」

王海榮也跪下，「小人給皇上請安！」

李公公瞥了他們一眼，緩緩地伸出蘭花指說：「起來吧——」

李慈林站直了身，「皇上，唐鎮來了個不速之客。」

王海榮還跪在地上，誠惶誠恐。

李慈林說：「讓海榮和你說吧。」

李公公鄙夷地看了王海榮一眼，「你也起來吧！」

王海榮顫聲說：「謝皇上！」

就是當上團練後，他也很少進入藏龍院見到李公公，李公公保養得宜的白嫩臉上有股攝人心魄之氣，王海榮膽戰心驚。

李慈林說：「王海榮，你把你看到的一切都向皇上稟報。」

王海榮說：「好的好的，我說，我說。傍晚時分，我奉命去監督修城牆。在東城門口，看到一個神祕的怪人牽著一匹高頭大馬走來，馬上還坐著李團總的女兒李紅棠……」

王海榮講完後，覺得自己的脊背上冒著汗，他一直低著頭，不敢和李公公陰森的目光相碰。在李慈林的眼裡，王海榮就是一條狗，就是一個閹人。他冷冷地對王海榮說：「退下！」

王海榮趕緊慌亂地跑了。

李公公呷了口茶，指了指旁邊的太師椅，笑了笑說：「慈林，坐吧，我們倆在一起，就不要那麼多禮節了。」

李慈林說：「謝皇上！」

李公公給他斟了杯茶說：「這茶不錯，入口柔滑，滿嘴留香，嘗嘗！」

李慈林說：「我自己倒，自己倒，皇上給我倒茶，雷公會響！」

李公公突然壓低了聲音，在李慈林耳朵邊上輕輕地說了起來。李慈林神色嚴峻地聽著，不時地點頭。李公公說完後，李慈林就站起來說：「皇上，您老慢慢品茶，我就下去辦事了。」

李公公陰險地笑了笑，「去吧！」

李慈林匆匆而去。

李公公望著他的背影若有所思。突然，李公公的眼中露出了兇光，一巴掌拍在八仙桌上，低沉地說：「老夫平生最恨的就是洋鬼子——」

夜漸漸深了，余狗子還沒有出門。

沈豬嫲不時地催促他，「你還不去賭呀，都什麼時候了？」

余狗子有些惱火，「爛狗嫲，你催命呀！你不是一直反對我去賭嗎，今天太陽從西邊出來了，還催我去賭！真是的！」

沈豬嫲臉紅了，她心裡有事，這些日子以來，每天晚上，她把孩子們安排睡覺後，就盼望著李騷牯的來臨，當然余狗子在家是絕對不行的，余狗子用她還賭債，沒有人會管，可要是被人抓住她偷人，那可是要被裝進豬籠沉進姑娘潭的。她還不敢明目張膽地和李騷牯搞破鞋。奇怪的是，李騷牯這些日子一直就沒來，讓她每天晚上的希望都落空，就是這樣，她還是充滿了希望，心裡堅信李騷牯一定還會來。

余狗子捉摸不透老婆的心思，也懶得去思量，她愛幹什麼就幹什麼，只要不把這個家賣了。余狗子被沈豬嫲催得實在心煩了，就罵罵咧咧地出了門，不知怎地，今晚就是不想出門。

余狗子一走，沈豬嫲臉上開出了一朵鮮花，她心裡在呼喚：「騷牯，你今夜一定要來哇——」

沈豬嫲把大門虛掩起來，這樣李騷牯就可以不費任何氣力進入她家，她臥房的門也沒有閂上。

余狗子走出家門，冷冽的風吹過來，身體打擺子般顫抖了一下。

他路過朱銀山家門口時，覺得朱家門樓底下站著一個人，定睛一看，又什麼也沒有。他罵了聲：「見鬼了！」朦朧的夜色中，青花巷寂靜極了，余狗子拖沓的腳步聲變得很響。

他走出青花巷時，突然聽到巷子裡傳來女人嚶嚶的哭聲。他回頭看了看，什麼也沒有。

余狗子摸了摸自己心臟的那個部位，發現心沒有跳出來，這才戰戰兢兢地往雨來客棧摸過去。還沒有來到雨來客棧，好像就到了鐵匠鋪門口吧，一個瘦高的黑影擋在了他面前。他差點一頭撞在那黑影的身上。余狗子叫了聲，「誰呀，擋在道中間，讓不讓人過呀！」

他的嘴巴突然被捂住了，有人在他耳邊低聲說：「爛賭鬼，快滾回家去，今天晚上雨來客棧不開賭局！你要是去的話，小心你的狗命！」

余狗子被捂得透不過氣來。

那人一放手，他就轉身往回跑，其實，他是個膽小如鼠的人，受到這樣的威脅，如果他還敢去雨來客棧，那麼，他就不是余狗子了。他身後傳來兩聲冷笑。余狗子倉皇地回到家裡。他推開臥房的門，已經脫得精光的沈豬嫲在黑暗中朝他撲過來，抱著他一通亂啃，嘴巴裡還發出哼哼唧唧發情的聲音。余狗子想，這婦人是不是瘋了，猛地推開她，惱怒地說：「爛狗嫲，你作死呀——」

沈豬嫲聽到自己老公的聲音，心裡涼了半截。她實在不明白，爲什麼他會突然回來。

余狗子心裡冒出一股無明火，一不做二不休，把沈豬嫲弄上了床，壓在了她身上，口裡不停地說：「騷貨，你不是喜歡弄嗎，我今天弄死你！」

這是非常意外的事情，余狗子從來沒有如此瘋狂過，沈豬嫲的欲火還沒有熄滅，痛快地迎合著他的進攻，而且，她腦海裡想的是李騷牯。可是，很快地，余狗子就不行了，沈豬嫲心裡一陣悲涼，余狗子畢竟不是李騷牯，不能給她帶來高潮和快樂，哪怕只是一瞬間。

約翰疲憊地躺在眠床上，被子對他來說有些短了，他的雙腳伸到了被子外面。他覺得特別寒冷。在這個寒冷的冬天進入唐鎮，他心裡沒底，不清楚會發生什麼事情。讓他有些安慰的是，唐鎮人給他留下了淳樸善良的印象，從李紅棠到胡喜來，還有那些前來看熱鬧的人們，他們的眼神裡沒有邪惡的影子。他希望唐鎮人都成爲天主的子民，得天主的庇護，如果這樣，唐鎮人就有福了。

窗外的風嗚嗚嗚叫，狗吠聲偶爾從遠處傳來，不一會就重歸寂靜。

約翰覺得這是個寧靜的夜晚，甚至有些美好，因爲他心裡把唐鎮人想得美好。在黑暗中，他的臉上露出了微笑，他要帶著微笑進入夢鄉。

迷迷糊糊之中，他覺得有個人站在了床邊。他的身體動彈不得，也說不出話來。

他漸漸清醒過來，輕輕地握了握手，能夠動彈了，但是他沒有動彈，也沒有開口說話，他在以不變應萬變。他不清楚床邊站著的是什麼人，對他的生命會不會構成威脅。這畢竟是陌生的地方，儘管他來中國好多年了，也會說一口流利的漢語，並且瞭解不少中國的民情風俗，經歷過許多險境。

一個低沉的聲音說：「紅毛鬼，你給老子乖乖地滾出唐鎮，我就饒了你的狗命，你要是膽敢留在唐鎮裝神弄鬼，一切後果你自己負責！唐鎮不是你來的地方，滾回你的老家去吧，唐鎮不需要你！老子已經警告過你，聽不聽由你——」

約翰心裡一沉。唐鎮同樣也潛伏著危險。

那人鬼魅般消失後，約翰想，是留在唐鎮呢，還是離開？

窗外的風還是嗚嗚地鳴叫。

唐鎮變得詭祕，平靜中隱藏著巨大的暗流。

約翰的身體蜷縮起來，寒冷令他戰慄。

第十一章

唐鎮的城牆很快就要修好了，剩下兩個城門在做最後的收尾工作。這所謂的城牆，其實就是用黃黏土夯起來的土牆，土牆一米見寬，高十米左右。建好的土牆上面植上了密密麻麻削尖了的毛竹，功夫再好的人要爬進來也是相當困難的。張發強指揮眾人把厚重的城門裝上去時，天上飄起了牛毛細雨，寒風呼嘯。張發強心想，終於幹完了一件毫無意義的事情，再過半個多月就要過年了，趕快回家做些水桶木盆什麼的，換點錢，否則，這個年沒法過了。張發強覺得十分對不起家人，往年這個時候，他會請裁縫到家裡爲全家老小做過年穿的新衣裳，今年卻根本就沒有這個可能了，幾乎整個冬天都耗在了城門上，錢沒有賺到，拿什麼去扯做衣服的土布。想想，那個李公公的確可惡，出這樣的餿主意，張發強不敢把這個想法說出來，只是陰沉著臉，火氣變得很大。

這個早晨，天上還是飄著牛毛細雨。

李紅棠對冬子說：「阿弟，阿姐這回出去，時間可能會長一些，你耐心地在家等我歸來，我想在過年前，把媽姆帶回家，我們一起過個團圓年。」

冬子含著淚說：「阿姐，你莫要去了，如果媽姆想歸家，她自己會歸來的，你到哪裡去找呀？你都找了這麼久了，也沒有找到。」

李紅棠目光堅定地說：「我會找到媽姆的！」

冬子阻止不了她，就像阻止不了唐鎮發生的任何事情一樣。

李紅棠把已經完全變白的頭髮盤起來，包上了那塊藍花布，她又用另外一塊藍花布蒙在皺巴巴的臉上，只露出那雙明亮清澈的眼睛，然後戴上斗笠，離開了家。她穿過濕漉漉的小街，一直朝鎮東頭走去。路過雨來客棧時，她的目光不經意地往裡瞟了瞟，卻沒能夠看到那個英國傳教士。

李紅棠穿過城門的門洞，一直朝山那邊走去。

有一個人跟在她後面，跟到城門洞時，他站住了，目送李紅棠的身影消失在淒風苦雨之中，眼中有淚水滾落。

此人就是唐鎮的侏儒上官文慶。他朝土地廟走去。

新建的土地廟在這灰暗的日子裡彷彿透出一縷亮色。

上官文慶心懷希望走了進去。他跪在土地爺和土地娘娘的塑像下，不停地磕頭，口裡不停地說：「救苦救難的土地公公和土地娘娘，你們保佑李紅棠儘快找到她媽姆吧；也求你們保佑她平平安安，沒病沒災，讓她的頭髮重新變黑，讓她的容顏重新變得美麗；我可以用我的命去換這一切，爲了她，我可以去死——」

那兩尊泥塑慈眉善目地立在那裡。上官文慶的額頭磕出血了，泥塑也還是無動於衷。

上官文慶的頭很痛，彷彿裂開了好幾條縫。他的雙手抱住疼痛的頭顱，企圖把那些裂開的縫合回去。他覺得那些裂開的縫在彌合，彌合的過程中，頭在收縮，臉上的皮膚也在收縮，甚至連頭骨也在收縮，疼痛沒有減輕，反而加劇。上官文慶忍耐著劇痛，大聲喊道：「土地公公，土地娘娘，你們開開眼，讓紅棠找到媽姆吧！讓她的頭髮變黑，讓她的臉還原，只要她的美麗重現，我願意承擔一切懲罰！如果她有什麼罪過，請讓我來替她承擔，不要讓她失去媽姆，不要讓她失去美麗——」

這時，約翰從外面走了進來。他高大的身軀使土地廟顯得狹小，也和上官文慶形成了鮮明的對比，他是個巨人，上官文慶就是袖珍的小矮人。約翰蹲了下來，把跪在地上痛苦萬狀的上官文慶扶了起來。上官文慶的額頭上淌下了鮮紅的血。約翰從口袋裡掏出一塊潔白的手帕，輕輕地擦拭著他額頭上的血，邊擦邊說：「可憐的孩子，你病得不輕哪！你要把自己的健康託付給天主，因爲我們自己都不是自己的主人，將自己的健康完全交付給天主，就是對天主完全的信賴，無論以後如何，不管發生什麼疾病，都全心信賴天主的照顧。通過病苦，我們才會有病苦後的喜樂，因爲病苦能磨練人，讓人不再依賴自己。信主吧，主會讓你獲救！」

上官文慶默默地注視著他那幽藍深陷的眼睛，臉上毫無表情，他沒有因爲約翰的長相而驚訝，因爲自己就是個長相奇怪的人，他相信這個世界上什麼人都會有，無論相貌美醜，都可以存在，都可以有一顆良善之心，都能愛惜人也能夠被愛惜，這也是他與眾不同的地方。

過了一會，上官文慶訥訥地問：「天主是什麼？」

約翰微笑著說：「天主是唯一的神，天主是萬能的，我們都是天主的子民。」

上官文慶說：「那土地爺呢？」

約翰搖了搖頭說，「土地爺不是神，只有天主才是，只有天主才能賜福予你。你要信天主，你就能得救。」

上官文慶說：「你說的是眞的？」

約翰點了點頭：「我給你講個眞實的故事。就在我到中國不久的時候，在一個村莊裡，看到一個孩子，他得了肺癆，快死了，躺在床上奄奄一息。我到他面前時，他睜開了眼睛，說他信主，要我給他施洗。結果，他得救了，很快地，他的病好了，變成了一個快樂的人。」

上官文慶說：「如果我信，主能夠讓紅棠找到媽姆嗎？主能夠讓紅棠的白髮重新變黑嗎？」

約翰堅定地點了點頭，「一切都有可能！」

就在這時，王海榮站在廟門外，大聲對上官文慶說：「文慶，你不要相信紅毛鬼的話，皇上說了，紅毛鬼來我們這裡是害人的！」

約翰站起來，對著王海榮說：「我不是魔鬼，我沒有害過人，我是上帝的使者！」

王海榮朝地上吐了一口痰，「呸！你說的都是騙人的鬼話！」

約翰激動地說：「我沒有騙人，沒有！你沒有權力污蔑我！」

上官文慶呆呆地站在那裡，腦海裡一片空茫。

約翰和王海榮都離開後，他喃喃地說：「如果能讓紅棠一切都好起來，信天主又有什麼不可以呢。」上官文慶記得約翰臨走時，回過頭，意味深長地看了他一眼。約翰的背影有些淒涼。

他走出廟門，站在細雨中，往遠山眺望。

他心裡牽掛的那個人此時在幹什麼？

一無所知。

上官文慶唯一能做的就是爲她祈禱。

一個人走到他旁邊，伸出粗糙的手掌，在他頭上摸了摸，沉重地說：「孩子，你站在這裡看什麼呢？」

上官文慶抹了抹眼睛，抬起頭，看到了父親上官清秋的臉，那是一張古銅色的溝壑縱橫的老臉。

上官文慶本能地哆嗦了一下，從來沒有見過父親如此慈祥地看著自己，父親也從來沒有如此溫暖地輕撫他的頭。

上官清秋動情地說：「孩子，你媽姆是對的，無論如何，你是我們的親骨肉，我不能那樣無情地對待你。孩子，走吧，我帶你去鄭老郎中那裡，讓他再給你看看，我不能看著你這樣下去。」

上官文慶什麼話也說不出來。

李慈林要把冬子過繼給李公公的消息在唐鎮的陰雨天中不脛而走。很多人都說冬子眞是個有福氣的人，每個人的命都不一樣，都是天註定的。冬子卻十分憂傷，他知道等不到姐姐回家，自己就要被送進李家大宅了，父親李慈林已經正式和他談過了這個事情。冬子想，淒風苦雨中的姐姐要是知道這個消息，會怎麼樣呢？

整個上午，冬子坐在閣樓的窗前，目光癡癡地俯視著小街，一聲不吭。阿寶陪著他，也一聲不吭。阿寶擔心他進了李家大宅後，就不會再和自己玩了，冬子是他在唐鎮最好的朋友，如果冬子不理他了，他該有多傷感，該會多麼的孤獨。

唐鎮人沒有料到，李公公會叫一頂四人大轎到冬子家門口接他。

轎子抬到他家門口時，人們紛紛前來圍觀。

李慈林走進家門，朝閣樓上叫道：「冬子，快下來。」

其實冬子早就看到了從興隆巷抬出的轎子，也看到了神氣活現地走在轎子前面的父親。他還看到了躲在一個角落裡驚惶的李時淮。雖然父母親沒有講過，冬子好像聽誰說過他是殺死爺爺的兇手，冬子不相信他會做出那樣的事情，在記憶之中，李時淮這個老頭並不是兇惡殘暴之人。冬子沒有多想什麼，爺爺的事情十分遙遠，十分模糊，彷彿和自己沒有什麼關係。

冬子站起身，阿寶也站了起來。

冬子苦澀地笑了笑說：「阿寶，我要走了。」

阿寶哭喪著臉，不知說什麼好。

冬子說：「阿寶，別難過，我又不是像媽姆那樣找不到了，我還是在唐鎮，還會出來找你玩的，等夏天來了，我們在一起去河裡游水，摸魚。」

阿寶眼淚汪汪地點了點頭。

李慈林在樓下催他，「冬子，快下來，聽見沒有？」

冬子在父親面前是多麼的軟弱無力，他答應了一聲，走下了樓。阿寶跟在他身後。阿寶下樓後，李慈林走過去，咬牙切齒地低聲說：「你以後不要再找冬子玩了，曉得嗎？他和你的身分不一樣了！」

阿寶嚇得快步跑了出去，一出門，就被張發強一把拉過去，張發強雙手按住阿寶的肩膀，默默地看著冬子上了轎子，被人們前呼後擁地抬走。李慈林怪異地瞟了張發強一眼，張發強發現這個曾經和自己相處得不錯的鄰居變得異常陌生，他們已經不是一路人了。

冬子乘坐的轎子被抬走後，阿寶哭出了聲。

張發強心裡也十分難過，他是替李紅棠難過，李紅棠回家後就孤身一人了，她會怎麼想呢？李紅棠是多麼好的一個姑娘。張發強輕聲對兒子說：「阿寶，莫哭，冬子不會忘記你的！」

李駝子走到他們身邊，嘆了口氣說：「造孽呀！」

沈豬嫲剛剛好路過，聽到了李駝子的話，笑著說：「駝背佬，你莫要亂說喲，小心被人用鞋底抽嘴巴。」

李駝子說：「只有你才會被人用鞋底抽嘴巴！」

沈豬嫲沒臉沒皮地說：「我願意被抽，氣死你！」

李駝子淡淡一笑，「我生什麼氣，要生也不會生你這種人的氣。不要以爲自己伴上了誰，就沒有人敢抽你的嘴巴了，你記住我的話，好自爲之吧！很多事情不是你想的那麼簡單！」

李駝子說完就走了。

張發強嘆了口氣，拉起兒子的手，回到了家裡。

他還要繼續幹木工活，年底一眨眼的工夫就會到來。

冬子坐在轎子上被抬向李家大宅時，約翰也站在街旁，用迷離的目光注視著轎子上的冬子，彷彿這是一件神奇的事情。李慈林經過他身邊，惡狠狠地瞪了他一眼，嘴巴裡說了句什麼，約翰根本就沒有聽清楚他在說什麼。約翰是個執著的傳教士，不會因爲威脅而妥協，他堅信天主的力量，也堅信自己的力量。他來唐鎮的兩天裡，走訪了好多貧苦的人家，給他們講天主的神聖，也給那些貧苦的人家送去了一些銅錢，告訴那些貧苦人，這些銅錢是天主賜給他們的。

冬子進入李家大宅的這天下午，天氣驟變，一下子變得十分寒冷，天空中飄下的牛毛細雨很快就變成了飄飛的雪花。雪越來越大，天空和大地不久就白茫茫一片。

鵝毛大雪一直不停地飄落。

傍晚時，約翰來到小街上，看到很多孩子在街上堆雪人。阿寶也在堆雪人，他臉上呈現出憂鬱的表情，看得出來，他並不快樂。雪花在約翰的眼裡是那麼的聖潔，他自然地想起故鄉過耶誕節的情景，心中的那份童心被激發得淋漓盡致。他也跑過去，和阿寶一起堆雪人。阿寶從他幽藍的眼睛裡看出了某種可以親近的東西，就接納了他。

阿寶說：「要是冬子在就好了。」

約翰微笑地問他：「冬子是誰？」

阿寶憂鬱地說：「是我最好的朋友。」

約翰說：「是你兄弟？」

阿寶點了點頭。

約翰說：「他現在在哪裡？」

阿寶說：「他到李家大宅去了，不曉得他現在在幹什麼，是不是也在堆雪人？」

約翰想起來了，「是不是下午被轎子抬走的那個漂亮男孩？」

阿寶點了點頭。

約翰說：「看得出來，你很不快樂。」

阿寶說：「冬子也不會快樂的。」

約翰無語了。

約翰踩著小街上的積雪，來到了胡記小食店的門口。小食店裡，兩個佩刀的人在喝酒，其中一個就是在土地廟門口罵過他的人。王海榮面向店門口坐著，他瞥了約翰一眼，目光中充滿了莫名其妙的仇恨和厭惡。約翰感覺到了他目光中包含的內容，他沒有恐懼，直接就走進了小食店。

約翰對在灶台前忙碌的胡喜來說：「胡老闆，給我弄點吃的吧。」

胡喜來面露難色，看了看王海榮，又看了看約翰，不知所措。

約翰好像明白了什麼，笑了笑說：「胡老闆，你隨便給我弄點吃的，我加倍付你飯錢。」

胡喜來爲難地說：「不是錢的問題，而是晚上小食店全被王團練包下了。」

約翰說：「沒關係，沒關係，我不吃了，不吃了。」

他回轉身，朝對面的雨來客棧走去。王海榮臉上浮現出一絲冷笑。這種莫測的冷笑出現在他的臉上，在胡喜來眼中十分奇怪，原來他不是這樣的人，這個在唐鎮歷來都是個老實巴交的人，怎麼會變得如此陰險？胡喜來感覺到，很多從前很老實的年輕人，當上團練後就變得不一樣了，這些人的目光裡都有一種寒光閃閃的殺氣，這種殺氣讓胡喜來不安和恐懼，他眞切地認識到，這是一群得罪不起的人，是一群被洗過腦的人。

唐鎮也許眞的要變天了，胡喜來這樣想。

王海榮的目光一直注視著對面的雨來客棧。

約翰剛剛踏進雨來客棧的門，客棧老闆余成就滿臉堆笑地迎上來，說：「客官，您回來了，洗腳水我也替您燒好了，一會就讓夥計給您端上去。」

約翰說：「謝謝，謝謝！」

余成突然面露難色，欲言又止。

約翰笑了笑說：「余老闆，你有什麼吩咐嗎？」

余成無奈地說：「我們皇上傳下話來了，讓您在這裡住最後一個晚上，明天您就離開這裡，好嗎？今天晚上的房錢就不收您的了。」

約翰疑惑，「皇上？你們北京的皇上知道我？知道我在唐鎮？」

余成說：「不是，是我們唐鎮自己的皇上。」

約翰若有所思地說：「哦，你告訴你們皇上，我可以不住客棧，可是我不會離開唐鎮的，唐鎮人需要獲救，需要蒙主的福音。」

余成點頭哈腰，「好的，好的！」

約翰上樓去了。

余成吩咐一個夥計，「快把洗腳水送樓上去！」

入夜了，唐鎮到處都是白雪的光亮。這個晚上，唐鎮人突然聽到了「咿咿呀呀」唱戲的聲音。怎麼，今夜有戲唱也沒有人通知大家，許多唐鎮人這樣想。有些人睡下了，就不想起來了，也有些戲迷，不顧天氣的寒冷，穿衣起床，冒雪往李家大宅門口趕去。這時，修好的東西兩個城門已經關閉，還有團練把守，街巷上偶爾還有團練在巡邏，唐鎮彷彿眞的成了一個獨立的王國。

阿寶也聽到了唱戲的聲音。

他喃喃地說：「趙紅燕，趙紅燕——」

阿寶眼中閃爍著渴望的迷離光澤，很快地穿好衣服，悄悄地溜出了家門，「咔嚓」「咔嚓」地踩著街上厚厚的積雪，走向興隆巷。有三三兩兩的人從興隆巷裡走出來，垂頭喪氣地回家。阿寶不明白他們爲什麼會這樣，也沒有向這些人問個究竟。阿寶來到李家大宅門口時，那裡空空蕩蕩的，看不到戲台，也看不到人。唱戲的聲音還是不絕於耳。阿寶注視著李家大宅緊閉的大門，斷定唱戲的聲音是從裡面飄出來的。

天上還在飄著雪花，阿寶的臉被凍得通紅，兩隻手掌也凍僵了，嘴巴裡卻呵出熱呼呼的氣息。一定是趙紅燕在唱，她的聲音穿透寒冷的夜色，直抵阿寶的內心，阿寶獲得了溫暖。他靠在李家大宅的朱漆大門上，閉上了眼睛，趙紅燕波光流轉的明眸和紅唇皓齒浮現在他的腦海，那麼的眞切，彷彿就在他的眼前，一伸手就可以觸摸到。

阿寶感覺自己幸福極了，幸福得彷彿整個人如雪花般飄飛。

冬子和李公公還有唐鎮最有文化的余老先生一起，坐在鼓樂院戲台正對面的二樓包廂裡看戲。冬子記得阿寶說過，戲班子沒有離開唐鎮，還在李家大宅裡，當時冬子不以爲然，戲班子走沒走和他沒有多大關係。現在想起來，他爲阿寶的準確判斷驚訝，他不知道阿寶獨自一人在大門外如癡如醉地聽戲，要是知道，他一定會對李公公說，讓阿寶也進來看戲。冬子進入李家大宅後，就像一隻被關進籠子裡的小鳥，心情很難愉悅起來。讓他奇怪的是，戲班的這些人就住在鼓樂院的房子裡，怎麼平常就沒有一點動靜傳出來。李公公和余老先生看戲都十分入迷，如癡如醉，余老先生搖頭晃腦，時不時還跟著哼上一兩句。在別的包廂裡看戲的還有朱銀山等族長，都是唐鎮有頭有臉的人物，他們在晚宴上見證了冬子成爲李公公繼承人的儀式。李公公讓冬子拜余老先生爲師，從此和余老先生識文斷字，他要讓冬子成爲唐鎮未來知書達禮的統治者，而不是一個閹人。在李公公的潛意識裡，冬子就是童年的他，通過冬子，他要讓自己重新活一次。這場戲有兩層意思，一層是慶祝冬子成爲李公公的繼承人，另外一層意思是答謝余老先生，只要有戲看，李公公讓余老先生做什麼事情，他都樂意，他也搬進了李家大宅，和李慈林他們這些李公公的心腹一起，住在寶珠院的偏房裡。

戲一直唱到深夜。

這讓許多唐鎮人難以入眠，他們眞切地感受到了和李公公的貴賤高低之分，皇帝和小老百姓的根本區別，唱戲的聲音無疑強烈地吊著他們的胃口，在對李公公心存敬畏之時，渴望他能夠施恩，讓大家看上一場大戲。

要不是唱完戲後，那些族長們出來，看到在門口凍僵了的阿寶，阿寶也就一命嗚呼了。就是這樣，阿寶被人救回家後，還是大病了一場。這個雪夜，趙紅燕金子般的嗓音並沒有給阿寶帶來眞正的快樂和溫暖，也沒有給唐鎮帶來任何喜慶的氣氛。

約翰也聽到了趙紅燕如鶯的嗓音。

他躺在床上，閉著眼睛想像著唱戲人的模樣，那該是什麼樣的一個美人？他也本想去看看的，可是他不敢在晚上出門，擔心遭到襲擊，這種事情並不是沒有的，在別的地方，他也曾經被襲擊過，還差點被奪去生命。睡覺前，他把房門和窗門閂得緊緊的，還用房間裡的桌子頂在了門上。約翰平常睡覺都要熄滅燈火，才能睡得安穩，今夜，卻沒有吹滅那盞小油燈。如豆的燈火飄搖，透出一種苦難歲月的溫情。

約翰並不怕威脅，他總是能夠從天主那裡獲得力量。

他並不想離開唐鎮，他要在這裡給很多苦難的人洗禮，讓他們誠心地信天主。他甚至想在唐鎮建一所教堂，讓教民們有做禮拜和告解的地方。當然，要實現這些，難度很大，充滿了挑戰。這兩天裡，約翰走訪了幾個貧苦人家，從他們懷疑又好奇的目光中，他看到了希望的火星。那細微的火星令他興奮不已，他必須找到一個突破口。約翰把目標鎖定在那個患病的侏儒上官文慶身上，據瞭解，唐鎮的名醫鄭士林也診斷不出上官文慶得了什麼病，他的身體一天天漸漸地縮小，連同他本來碩大的頭顱。很久以前，約翰聽說過有種可怕的病症，叫作縮骨症，傳說得了此病的人，身體會一點點地縮小，最後變成一小團，然後痛苦死去。約翰斷定上官文慶得的就是這種病，他希望上官文慶能夠接受他的施洗，然後得到天主的庇護，讓他得到解救。他已經說服了上官文慶，並且要在唐鎮的街上給上官文慶洗禮並且祈禱。這樣，或者唐鎮人會從上官文慶身上看到天主的神示以及愛和力量，讓更多的人接受他的洗禮。

他的臉上浮現出安詳的微笑。

他在微笑中沉睡。

約翰的手中緊緊握著胸前的那個十字架。

三更時分，打更人從鎮街上走過，口裡一遍遍地拖長聲音喊著：「三更咯，三更咯，年關將近，風乾物燥，小心火燭——」

打更人歌唱般的喊叫並沒有吵醒約翰。

打更人的喊叫聲過後，幾個蒙面的黑衣人潛進了雨來客棧，雨來客棧裡面靜悄悄的，賭徒也不知道跑哪裡去，或者根本就沒來。

約翰睜開眼時，看到了那幾條人影站在了床前。他猛地坐起來，厲聲說：「你們是誰？」

有人冷笑道：「紅毛鬼，你莫要問我們是什麼人，你是給臉不要臉，讓你乖乖離開，你偏偏不走！這叫天堂有路你不走，地獄無門你自來！我們要帶你到一個極樂的世界裡去，讓你和你的天主見面！弟兄們，把這個紅毛鬼捆起來！」

約翰想要喊叫，那幾個人撲上來，按住了他，一塊布帕塞進了他的嘴巴裡，不一會，就被捆了個嚴嚴實實，他無法動彈，深感自己凶多吉少。那幾個人把他裝進了一個巨大的黑麻布袋子裡，他陷入了萬劫不復的黑暗之中，油燈散發出的溫暖光芒遠離了這個叫約翰的英國傳教士。

唐鎮傳出了馬的嘶叫。

被驚醒的唐鎮人都知道，那是約翰的棗紅馬發出的撕心裂肺的嘶叫……

李公公給冬子準備的房間就是他上次住的那個房間，藏龍院的那棟房子只住著三個人，一個是李公公，另外一個就是冬子，還有一個就是保母吳媽。李公公住在廳堂右邊的廂房裡，冬子住的是左邊的廂房，吳媽則住在一間偏房裡，其實這裡還有很多房間，都空在那裡，沒有人住。冬子想，那些空房間要是給姐姐和阿寶他們住該有多好。

看完戲，李公公拉著冬子的手在一個提著燈籠的團練引領下，走進了藏龍院。李公公把冬子送進了房間，房間內的銅盆裡，木炭燒得正紅，暖烘烘的氣息把冬子包裹住了。李公公笑著說：「冬子，喜歡這裡嗎？」李公公的目光有種無形的威懾力，冬子不知道說什麼好，不敢說出心裡的真實想法，只好慌亂地點了點頭。他心裡真實的想法就是，回到那個雖然寒冷但還存留著溫情的家裡，等待姐姐回家。李公公伸出手，輕輕地摸了摸他的臉，他的手特別柔滑，卻沒有溫度，冬子覺得有條冰冷的蛇從臉上滑過。

李公公說：「冬子，不早了，歇息吧。有什麼事情可以叫吳媽，也可以叫我，以後這裡就是你的家了。」

冬子朝他鞠了個躬，「皇帝爺晚安！」

這都是下午李慈林教他的，他都記在心裡了。爲什麼叫李公公「皇帝爺」，這裡面也有說法的，按輩分，李慈林還要叫他叔，冬子過繼給他，只能做他的孫子，要是冬子把他當爹，那就鬧笑話了。無論如何，李公公也算有後了。

李公公滿意地笑了，「好孩子！」

李公公走後，冬子環顧了一下這個給他留下過恐怖記憶的房間，心臟撲撲亂跳。房間裡的油燈換成了兩個銅燭台，銅燭台上兩根粗壯的紅蠟燭燃燒著。燭光和炭火使房間裡充滿了溫暖的色調，可是冬子還是擔心陰風會從某個角落裡飄出來，還有那冰冷的叫喚聲……冬子躺在床上，心裡想念著姐姐李紅棠和下落不明的母親。

姐姐是不是還在積雪深厚的山路上艱難行走？冽風把她的皮膚吹得越來越皺，她明亮的眸子裡積滿了淚水，悲戚地一路走一路喊：「媽姆，媽姆——」突然，一個巨大的黑影朝她撲過來，把她推倒在雪地裡，獰笑著說：「你媽姆死了，你永遠也找不到她了！」姐姐驚恐地看著他，大聲地說：「不，不，媽姆沒死，沒死——」黑影突然變成一隻豺狼，張牙舞爪地撲到姐姐身上……

冬子聞到了血腥味。

是的，濃郁的血腥味。

他尖叫著從床上坐起來，大口地喘息。

他渾身是汗。

房間裡靜悄悄的，他環顧了一下四周，什麼也沒發現，只有燭光在默默燃燒，銅盆裡的炭火還散發出熱氣。冬子的膀胱脹得要爆炸，幾乎要尿到褲子上。他不顧一切地跳下床，來到角落裡的馬桶前，打開馬桶蓋，撒出一泡熱呼呼的尿水。

這泡尿是被噩夢嚇出來的。

冬子喘著粗氣。他是不是該回到床上去？身上被汗水濕透的內衣冰冷地貼在皮膚上，十分難受。他躡手躡腳地來到門邊，眞想打開門，衝出李家大宅，回到自己的家裡去，說不定姐姐已經回來，正在小閣樓裡等待他的歸來。冬子想起了父親白天裡陰沉著臉和自己說的話，心裡就越來越寒冷。李慈林是這樣對他說的：「冬子，從今朝起，你就不是我的兒子了，曉得嗎，你不是我李慈林的兒子了！你現在是順德皇帝的皇孫了！你在唐鎮的地位不一樣了，你就是唐鎮未來的皇帝了！你要記住，你不能輕易地走出皇宮的大門，也不可能走出去的，沒有順德皇帝的允許，誰也不可能放你出去，包括我！另外，你在這裡應該老老實實的和余老先生識文斷字，不要瞎跑，應該曉得的事情你自然會曉得，不該曉得的事情你也不要去探尋。就是看到什麼事情，你也不要亂講，把它埋在心裡爛掉，裝作什麼也沒看見，什麼也沒發生。對待順德公，要尊重他，他現在是你爺爺，親爺爺！他說什麼話，你都要聽，都要記在腦子裡，就像從前聽我的話一樣！記住我的話了嗎？」

冬子不敢打開這扇門。

突然，有細微的哭聲傳來。

女人的哭聲時而尖銳，時而飄渺。冬子屏住呼吸，豎起耳朵，仔細辨認著傳出聲音的位置。

啊，女人的哭聲竟然是從床底下傳出來的。

冬子走到雕花的床邊，彎下了腰，側耳聽了聽，是的，女人的哭聲是從床底下傳出來的。他渾身的雞皮疙瘩冒了出來，輕輕動一下，雞皮疙瘩就會抖落一地。難道他的床底下藏著一個女人？或者說是一個女鬼？冬子在驚駭之中，強烈的好奇心促使他做出了一個大膽的決定。他用雙手把桌上燭台的蠟燭取了下來，放到了床底下，他蹲在那裡，藉著燭光，往床底下張望。床底下空空蕩蕩的，什麼也沒有，女人的哭聲還是斷斷續續地傳出。

冬子想，難道床下的地底還藏著什麼？這個想法使他的好奇心又強烈了許多。

冬子拿著蠟燭，鑽進了床下。他仔細觀察著床底下的任何一個微小細節，探尋著隱藏的祕密，恐懼又好奇，十分刺激。

冬子挪動了一下腳，發現腳下的青磚有點鬆。這塊磚下面有玄機？冬子伸出手，手指插進了磚縫裡，取出了這塊青磚。這塊青磚取出後，女人的哭聲眞切了許多，他驚訝地發現青磚下面是木板。那麼，木板下面是什麼呢？要揭開木板看個究竟！此時，冬子心中只有這個願望，把一切都拋到腦後了。冬子把周圍的青磚一塊一塊地取出來，堆放在旁邊……終於露出了一米見方的一塊木板。

如果揭開這塊木板，他會看到什麼？

他的心狂跳著，快要破胸而出。

李家大宅隱藏了太多祕密，必須一個一個地把這些謎團解開！冬子彷彿不是來當李公公的繼承人，而是來這裡探祕的。他也是唐鎮第一個進入李家大宅的探祕人！

木板揭開了，露出一個黑洞。

女人的哭聲更加眞切了，果然是從這裡面傳出的。冬子看到，有個木頭梯子通向黑洞。

他毛骨悚然。

冬子努力地克制著自己的恐懼情緒，他心裡說：「別怕，別怕，你見過野草灘上死人的腳，你看到過戲台上上吊的人。你還有什麼可怕的，你很快就接近眞相了，你不會放棄的，冬子，你從小就是個勇敢的人，你絕對不會放棄的——」

他躡手躡腳地走下了樓梯。

冬子下到黑洞裡，地洞裡十分沉悶，有種難聞的濁氣，彷彿是死老鼠腐爛的氣味。他手中的蠟燭隨時都有可能熄滅。藉著燭光，冬子發現有兩個地洞，兩個洞的深處都黑漆漆的，不知通向何方。女人的哭聲還在繼續，他該往哪個地洞裡走，繼續探尋女人哭泣的祕密？

李慈林和李騷牯在喝酒。

李慈林的眼睛血紅，端起一碗糯米酒，幾口就見了底。

李騷牯也喝光了一碗酒，瘦臉上緊繃繃的臉皮抽動了一下，試探性地說：「堂兄，你喝完酒是不是還要去浣花院？」

李慈林瞥了他一眼，「沒出息的東西，成天就想著褲襠裡的那點事情！我去不去浣花院和你有什麼關係呢？你喝完就趕緊歸家去吧，和你老婆想怎麼搞就怎麼搞！」

李騷牯說：「我不是這個意思。」

李慈林冷笑道：「那是什麼意思？你能有什麼意思！告訴你，李騷牯，老子把你當人，你就是老子堂弟，是團練的副團總，也可以吃香的喝辣的；要是老子不把你當人，你就什麼也不是，連狗也不如，你明白嗎？所以，老子的事情你不要管那麼多，老子的女人，你也不要打主意！」

李騷牯神色慌亂地說：「堂哥，你誤會了，我豈敢管你的事情，我的意思是，這麼晚了，喝完酒就早點歇息吧，我是替你的身體著想哪！」

李慈林冷笑道：「嘿嘿，替老子身體著想！你不會是巴望我早點死吧，這樣你就可以接替我的位置？想當年，老子被李時淮欺負時，你們這些親戚一個個躲得遠遠的，好像我是瘟疫！沒有一個人出來說句公道話，要不是好心的王富貴收留我，我早就餓死了！」

李騷牯額頭上冒出了冷汗，「堂哥，你今夜怎麼啦？我可從來沒有這樣想過，冤枉哪！」

李慈林又喝了一碗酒說：「好啦好啦，老子今天心情不好，說的都是酒話，你不要記在心上，好自爲之吧，到時少不了你的好處。」

李騷牯雞啄米般點著頭，「我會好自爲之的，絕不會辜負堂哥的栽培，你對我的大恩大德，永生難忘！」

李騷牯走出了李慈林的房間，沒有回自己的房間，而是來到院子裡，冷風灌過來，他清醒了許多。天上還飄著雪。他朝雪地裡吐了口濃痰，心裡說：「呸！老子爲了你拚死拚活，連個戲子也捨不得讓我碰一下，就是自己獨吃，夜夜做新郎！」

不一會，他聽到了腳步聲，躲到了假山後面。

李慈林搖搖晃晃地走出來，李騷牯悄悄地跟在他的後面。

李慈林走出了寶珠院，進入了浣花院。他來到浣花院的圓形拱門前，打開了那個銅鎖，推開門，走了進去。

李騷牯的眼中冒著火，那門被重重地關上後，他咬著牙低聲說：「李慈林，你獨食呀，戲班裡好幾個女戲子哪，你怎麼就不留一個給我，你一個人弄得了那麼多嗎！趙紅燕我想都不敢想，你獨霸好了，那些演丫鬟的小戲子發配一個給我也可以的呀！李慈林，你太狠啦！」

他突然覺得背後站著一個人，朝他的脖子上吹了一口涼氣。

李騷牯驚駭地回過頭，「誰——」

什麼人也沒有。

冬子選擇了一個地洞，朝裡面鑽進去，因爲他感覺女人的哭聲是從這個地洞裡傳出來的。他在地洞裡走了一會，看到前面透出了一縷亮光。冬子的心提了起來，他相信，女人的哭聲就是從那亮光之處傳過來的。冬子突然有些害怕，他不知道自己會看到什麼，或者說會不會有什麼危險。他想退回去，可又不甘心，想了想，還是硬著頭皮往前走，大氣不敢出一聲，悄悄地往亮光處摸了過去。

地洞裡十分悶熱。

冬子身上又流汗了，這是因爲緊張，還是悶熱？

來到亮光處，才發現這是一扇木門，那亮光就是從門縫裡透出來的，女人的哭聲頓時變得如此眞切。這裡面到底是什麼地方，到底是什麼人在哭？帶著這些折磨著他心靈的問題，冬子把眼睛湊近了門縫。

冬子倒抽了一口涼氣，差點驚聲尖叫出來。

第十二章

那是地下的一個密室。

密室裡的擺設十分簡單，一面牆上掛著一幅畫像，畫的是個雍容華貴穿金戴銀的盛裝老女人。另外一面牆下放著木頭神龕，神龕上放著個紅布封口的陶罐，陶罐前有個小香爐，小香爐裡焚著檀香。

李公公穿著一身宮廷裡的太監服，跪在畫像下的蒲團上泣哭，哭聲尖利又傷悲，好像是死了親人。

李公公邊哭邊說：「老佛爺，奴才對不住您呀，奴才該死！不能伺候您了！」

說完後，李公公沉默了，哭聲也停住了。

過了一會，李公公突然站起了身，眼睛裡沒有一滴淚水，哭了那麼久，竟然沒有流一滴淚水。

他目光哀怨，翹起蘭花指，指著畫像中的盛裝老女人，像個怨婦一樣說：「你這個老妖婆，老夫一直伺候著你，你高興了，給我一個甜棗吃；你不高興了，就大發脾氣，把我當一隻狗！老妖婆，你給我睜大眼睛看看，老夫現在也是皇帝了，你能奈我何！」

緊接著，李公公把身上的太監服脫下來，狠狠地扔在地上。然後，他從神龕的抽屜裡取出一條黃色的長袍，「嘩」地抖開，穿在了自己身上。黃袍的正反兩面都繡著一條張牙舞爪的龍。穿上龍袍的李公公在密室裡走來走去，神氣活現，嘴裡不停地說：「老妖婆，老夫現在也是皇帝了，你奈我何！老夫從此再不伺候你了，不伺候了！你一定會被我活活氣死吧！老夫就是要氣死你，氣死你——」

李公公邊說邊扯下了盛裝老女人的畫像，扔到地上，用腳踩著畫像中老女人的臉。

他喃喃地說：「我不是閹人，不是！我現在也是皇帝了！老妖婆，老夫再不會在你面前低三下四了！老妖婆，你求我呀，求我我就放了你，否則，老夫永遠把你踩在腳下，讓你永世不得翻身！老妖婆，你求我呀，求我呀——」

突然，李公公渾身顫抖，眼神慌亂又驚恐，好像是鬼魂附身。他跪倒在地，在畫像中老女人的腳下不停地磕頭。

他哭著說：「老佛爺，奴才該死！奴才不應該冒犯你老人家的，奴才該死，奴才願意一輩子伺候你，奴才舔你的腳，奴才給你當馬騎，奴才是你腳下的一條狗……」

冬子看著李公公在密室裡的表演，心中一陣陣發冷。

他不知道那畫像中的盛裝老女人是誰，只是覺得李公公特別瘆人。

冬子不敢再看下去了，他害怕被李公公發現他在偷窺，那是李公公的祕密，一定不會想讓任何人知道。冬子無法預料如果李公公發現了他，會對他怎麼樣，這樣一個活人，比鬼還可怖。

冬子趕緊退了回去。

回到房間裡，冬子躺在床上，心裡還七上八下的。

李公公還有什麼不可告人的祕密？

還有，另外一個地洞通向何方？

年關將近，唐鎮熱鬧起來。每天都有不少人從周圍的鄉村裡進入唐鎮，把一些土產拿到鎮街上賣，然後換些自己需要的年貨回去，準備過年。城門每天清晨打開，晚上關閉，這讓一些人很不習慣。不過，唐鎮人還是覺得這樣十分安全，睡覺也比從前安穩了。從前這個時候，還是會有些外鄉的土匪在黑夜裡闖進來，搶東西回山寨裡去過年，那些土匪大都是心狠手辣的人，弄不好，非但把東西搶了，還要人的命。唐鎮鄰近的那些鄉村，都擁戴李公公當皇上，每個村都築起了土圍子，還成立了保安隊，保安隊都是李慈林的人，這樣就形成了聯防，土匪也不敢輕舉妄動。

這個時候，還是有些外鄉人進入唐鎮收山貨，準備把收來的山貨倒騰到別的地方去賣，他們幾乎都住在雨來客棧。奇怪的是，這些陸陸續續住進雨來客棧的異鄉人都沒有再從客棧裡面走出來。

胡喜來看得最真切，每當有異鄉人住進雨來客棧之後，都會在他的小食店裡用餐，酒足飽飯後，就回客棧的房間裡睡覺。胡喜來異常納悶，就是沒有見他們出來過，水霧般在太陽底下蒸發得乾乾淨淨。

胡喜來會問余成：「那些住店的人怎麼不見了？」

余成說：「有人來住過店嗎？」

胡喜來認眞地說：「有呀，他們昨天晚上還在我這裡吃過夜飯的。」

余成說：「那可能是鬼在你店裡吃了飯吧！反正我的客棧沒有人來住過。」

余成的話把胡喜來弄得丈二和尚摸不著頭腦。

唐鎮人都知道，新年的正月初一是個好日子，李公公要舉行登基大典。又是過年，又是登基大典，一定會有遺不散的熱鬧。唐鎮人期待著，因爲他們從來沒有見過皇帝登基，就是他們的祖上、祖上的祖上也沒有經歷過如此重大的事件，還有許多人期待的是有大戲好看，這麼重要的日子，李公公不可能不請大家看大戲，那個夜晚不應該寂寞，應該普天同慶。

上官文慶對李公公的登基大典漠不關心，他心裡牽掛的是李紅棠。

李紅棠出去幾天了，也沒有回來。他本來想讓那個叫約翰的傳教士給自己洗禮，希望天主給自己以及李紅棠帶來好運，可在一夜之間就找不到那個自稱是上帝派來救苦救難的外國人了。

上官文慶想，他是不是上天去找上帝了？他還會想，上帝到底是什麼樣子的，上帝能夠看到自己嗎，能夠知道自己內心的傷感和愛戀嗎？上官文慶心裡特別憂傷，臉上已經沒有那標誌性的微笑了，而且，身體在一天一天縮小，連同他的頭顱。他的頭顱和身體每縮小一點，他就痛不欲生，疼痛得在地上翻滾，沒有人能夠拯救他，哪怕是他慈愛的母親！恢復正常後，他坐在地上，汗如雨下，目光迷離，氣喘如牛。

爲什麼自己的身體會縮小？

本來他的身體就夠小了的呀！

在跟隨李紅棠之前，他彷彿從來沒有生過病，也沒有任何痛苦。

他十分明白自己是什麼人，不可能有誰會愛他同情他，也不需要誰的憐憫，他明白活著只能自己讓自己快樂，所有的憂傷和痛苦都沒有用，不可能讓他變成一個正常的人。唐鎮很多很多隱祕或者浮在水面的事情，他都知道，他總是用微笑看待發生在唐鎮的任何事情，彷彿自己是一個超然的局外人，他的活著和唐鎮無關，他只是大地的孩子。

他想問問不可企及的上帝，是不是因爲自己動情了，身體才有了變化，內心才會如此痛苦，像是在油鍋裡煎熬；是不是自己註定不該去愛，不該去接觸美好的東西？

找不到約翰，他只好到土地廟裡去跪拜，祈禱李紅棠平安回來，帶著她的母親平安回來。到了下午，他就會站在城門外，一直往東面的山路眺望，期待著李紅棠窈窕的身影出現在自己的視線之中。路過的人，有的根本就看不見他，彷彿他是個不存在的人；有的人只是向他投來冷漠的一瞥，覺得他是個多餘的人，生下來就是一個多餘的人。

唐鎮並不是僅上官文慶一個人憂傷，還有阿寶，他也十分憂傷，自從冬子進入李家大宅的那個晚上他被凍得半死後，他就鬱鬱寡歡，不太愛說話了。

有時，他會站在冬子的家門口，呆呆地望著門上的那個鐵鎖，想像著冬子把門打開，笑容滿面地把他迎進去。有時，他會孤獨地走出西城門，踏著厚厚的積雪，來到唐溪邊上，望著汩汩流淌的清冽溪水，淚水迷濛了他的眼眸，感覺冬子的聲音穿過這個冬天霧靄，清晰地進入他的耳孔。有時，他會走向興隆巷，站在李家大宅門口的那片空地上，耳畔傳來婉轉亮麗的唱戲聲，少年的心沉浸在莫名的傷感中，無法自拔……

沒有人在意他的憂傷，沒有人在乎他的孤獨，連同他的父母親。張發強還是在家裡不停地做著木工活，爲了讓家人吃上一頓豐盛的年夜飯而辛苦勞動；母親忙著把丈夫做好的東西拿到街上去賣，對於兒子的變化，漠然視之。

王海花成天喜形於色，這個往昔極爲平常的婦人，如今走在小街上也一搖三晃的了，人們見到她，也會笑著和她打個招呼。她還會時不時停下來，和別的女人聊上幾句，動不動就說：「我家騷牯……」

李騷牯給她做了一身新衣裳，沒有等到過年那天，就穿出來顯擺。人們都知道，她之所以十分得意，是因爲有個出人頭地的丈夫，所以都會心照不宣地笑笑，誇上她幾句。

這天，王海花碰到了在街上賣菜的沈豬嫲。

李騷牯一直沒有找過她，沈豬嫲心裡不免有些怨氣。

王海花招搖地走過來。

沈豬嫲心裡罵了一聲，「什麼東西，以爲自己家雞變鳳凰了！有什麼了不起的！」

沈豬嫲沒有給她笑臉。

王海花注意到了她怨恨的眼神。

她走到沈豬嫲的面前，裝模作樣地說：「喲，沈豬嫲呀，是不是余狗子昨天晚上賭輸了呀，那麼不高興。」

沈豬嫲冷笑道：「余狗子是贏是輸，你管得著嗎？老娘高興不高興，又關你什麼事？告訴你吧，就是李騷牯再神氣，你也當不上皇后娘娘！大不了，李騷牯每個晚上多弄你兩次，你就了不得了，也不撒泡尿照照，自己是什麼貨色！還管老娘高興不高興。」

旁人聽了沈豬嬤的話，搗著嘴偷笑。

王海花的面子掃了地，面紅耳赤，一時語塞。她本來就不是個能說會道的婦人，只是出來顯擺一下，沒想到碰到了沈豬嬤這樣沒臉沒皮的女人，一頓搶白就切中了王海花的要害，王海花無地自容。王海花十分後悔惹了她，這都是自找的。王海花想想，如果在街上和她吵起來，占不到任何便宜，只會讓自己陷入更尷尬的境地，只好悻悻而去。

沈豬嬤出了一口惡氣，對著王海花的背影大聲說：「晚上讓李騷牯再多弄你兩回，明天再出來抖毛——」

說著，她呵呵笑將起來。

有人對沈豬嬤說：「你不要這樣，小心有人抽你的嘴巴。」

沈豬嬤說：「抽就抽嘛，又不是沒有被抽過！」

那人搖了搖頭走了。

深夜，李騷牯溜回了家。腳都沒洗，他就摸上了床，迫不及待地脫王海花的內衣褲。王海花緊緊地拉住褲帶，不讓他脫。

李騷牯欲火攻心，焦急地說：「老婆，你今晚怎麼啦？」

王海花抽泣道：「我今朝被人欺負了，沒有興趣做。」

李騷牯說：「狗屌的！誰敢欺負你呀，他吃了豹子膽？」

王海花邊哭邊說：「就是那個多嘴婆沈豬嬤，她罵我還不算，還說你——」

李騷牯的手捏住了老婆鬆軟的奶子，「她說我什麼？」

王海花說：「她說你是個沒用的東西！」

李騷牯愣了一下，然後笑著說：「她說我沒用，我就沒用啦？我有沒有用，你最清楚了！」

王海花嬌嗔道：「虧你還笑得出來，你還是不是男人！」

李騷牯伸手扯下了她的內褲，上了她的身，氣喘噓噓地說：「好了，老婆，我到時候把這惡婦的舌頭割掉，看她還胡說八道！」

王海花破涕爲笑，「這還差不多，不過，不要割她的舌頭，把她的牙敲掉就行了。」

李騷牯劇烈運動起來，王海花嘴巴裡發出了快活的呻吟。

李騷牯突然喊出了一個女人的名字，「紅燕，紅燕——」

王海花停止了呻吟，不解地問道：「誰是紅燕？」

李騷牯意識到了錯誤，趕緊說：「你聽錯了吧，我喊的是你，海花，花——」

王海花這才繼續呻吟，不過，好像不那麼快活了。這時，李騷牯聽到窗外傳來陰冷的嘰嘰笑聲。李騷牯渾身顫抖了一下，身下的那傢伙馬上就軟了，心裡悲鳴：「你怎麼就不能饒了我呀！」

李紅棠回到唐鎮的這個黃昏，夕陽把唐鎮人家屋頂的積雪染得血紅。她的身影遠遠地出現在山道上時，等候在那裡的上官文慶情不自禁地說了一聲：「多謝土地爺，多謝天主——」

他想跑過去迎接她，但雙腿卻像灌了鉛一般沉重，怎麼也邁不動。他站在那裡，突然覺得身體又要縮小了。他的頭和身體像是被什麼東西壓榨著，渾身的骨頭嘎嘎作響，肌肉緊綳綳的，彷彿要爆裂。

疼痛，無法抑制的疼痛。

他倒在地上，不停地翻滾，嗷嗷叫喚。他不希望被李紅棠看到自己這個樣子，也不曉得她看到這個情景，會怎麼樣？終於，疼痛消失了。他又矮了一截，身體又縮小了一圈。

他可以感覺得到身體的變化，可怕的變化。

上官文慶不敢面對李紅棠，在她將要臨近時，他拖著沉重的步履進了城門，找了個地方躲了起來。他不想讓李紅棠見到自己日益縮小的身體，也不想讓她難堪，如果被人看到他們在一起，李紅棠會害羞的，她畢竟還是一個十七歲的少女。

其實，李紅棠早就看見了他。

她可以感覺到上官文慶的焦慮和關愛。

她試圖去接受他的愛，可是——

如果上官文慶不躲起來，她也不知道如何面對這個可憐的男人。他是個善解人意的男人，這樣的男人在唐鎮又有幾個？

李紅棠覺得特別對不住他。

她走進了城門。這時，夕陽沉落了西山，唐鎮陰風四起。

守城門的團練目不轉睛地審視李紅棠。面對團練芒刺般的目光，李紅棠加快了腳步。

上官文慶在一個角落裡注視著她，心隨著她的腳步而動。游四娣還是沒有和李紅棠一起回來，上官文慶心裡有說不出的酸楚。

一陣狂風颳過小街。李紅棠頭上和臉上的藍花布被狂風吹落。

她頭上的白髮和枯槁的容顏頓時暴露在黃昏的天光中，眾目睽睽之下，李紅棠無地自容，本能地用雙手摀住臉，又慌亂地摀住頭髮，雙眸閃爍著無助又屈辱的淚光。街上的人也目瞪口呆，他們怎麼也想不到李紅棠會變成這個樣子，宛若一個老太婆，在很多唐鎮人眼裡，她根本就不是李紅棠，而是一個陌生人！

上官文慶心中哀叫了一聲，不顧一切地衝出去，去追逐那被狂風颳跑的藍花布，等他氣喘噓噓地把那兩塊藍花布撿在手上，準備還給李紅棠時，她已經跑回家裡去了。上官文慶決定把兩塊藍花布給她送回去。他在走向李紅棠家的過程中，聽到許多人在街旁議論她。有的話還說得十分難聽，說李紅棠是狐仙附身了，說不定很快就會死掉。

上官文慶心如刀割。

他的身體每天都在縮小，李紅棠的容顏每天都在變老，他們都得了一種奇怪的病，無藥可救的病，他們是唐鎮最可憐的人。上官文慶不知道爲什麼自己會這樣，他想了很多，想不出個頭緒，是不是和在黑森林的時候陷入腐臭的爛泥潭裡有關？他無法確定。上官文慶寧願把自己的病理解成是因爲思念所至，也許是心被李紅棠帶走了，他就一點點地縮小了。李紅棠爲什麼會這樣？上官文慶想，她的病是因爲憂傷所致，自從她母親失蹤後，她就沒有快樂過。憂傷是世間最殘酷的毒藥！

上官文慶來到她的家門口，面對緊閉的門扉，顫聲說：「紅棠，開開門，我把藍花布還給你。」

路人都用怪異的目光瞟他，可沒有人駐足觀看，上官文慶和李紅棠在這個年關裡像瘟疫般讓人躲避，誰也不想沾上什麼邪氣。只有阿寶站在上官文慶的身後，和他一起憂傷。

上官文慶輕輕地敲了敲門，「紅棠，我曉得你心裡難過，你把門打開吧，我把藍花布還給你，然後就走，我不會給你添任何麻煩的。」

李紅棠哀綿的聲音傳來，「文慶，你是個好心人，你走吧，藍花布我用不著了，眞的用不著了，你快走吧，天就要黑了，你要不歸家，你媽姆會心焦的。快歸家去吧，不要管我了，讓我自己靜靜，我不想見到任何人。」

上官文慶抹了抹眼淚，手裡攥著藍花布，悲涼地嘆了一口氣，他瞭解李紅棠的脾氣，她說不給他開門，就一定做得到的。他無奈地離去，邊走邊回頭張望，希望李紅棠會突然把門打開。

上官文慶走後，阿寶朝門裡說：「阿姐，阿姐——」

李紅棠來到門邊，輕聲說：「阿寶，你也歸家去吧，阿姐沒事的，你莫要擔心。」

阿寶傷感地說：「阿姐，我想告訴你冬子的事情。」

李紅棠的聲音變了，「阿寶，你快說，冬子到哪裡去了？發生什麼事情了？」

阿寶嗚嗚地哭了。

李紅棠把門打開了，把阿寶拉了進去，然後又關上了門。李紅棠用手擦了擦阿寶臉上的淚水，焦慮地說：「阿寶，莫哭，莫哭，你快說，冬子到底怎麼啦？」

阿寶說：「冬子搬到皇宮裡去住了，是被四抬大轎抬走的，他不會再和我玩了，也不會再回家住了。大家都說，冬子去做皇孫了，要享盡榮華富貴了。」

李紅棠呆了，她從來沒有聽說過弟弟會搬到李家大宅裡去住，會去做什麼皇孫，會和自己分開，成爲另一個世界裡的人，她不要什麼榮華富貴，只要和親人相依爲命。

阿寶說：「阿姐，你會不會也搬到皇宮裡去住呢？皇宮裡有戲看的。」

李紅棠忍住內心的悲痛，輕聲說：「我不會搬到那裡去，這裡是我的家，我哪兒也不去。」

阿寶伸出手，摸了摸李紅棠皺巴巴的臉，眼中掠過一縷陰霾，「阿姐，你這是怎麼啦？」

李紅棠苦笑著說：「阿寶，阿姐變醜了，你會不會害怕？」

阿寶搖了搖頭，「阿姐，我不怕，我怎麼會怕阿姐呢，你是我心中最好的阿姐！你不醜，誰要說你醜，他就不是人！」

李紅棠嘆了口氣。

阿寶說：「阿姐，你莫嘆氣，我這就去告訴冬子，你歸來了。」

阿寶說完，就離開了她的家。

李紅棠在支離破碎的家中，無限淒涼。

阿寶走出李紅棠家時，天已經黑了。阿寶沒有回家，而是摸黑朝興隆巷走去。李家大宅大門上掛著喜慶的紅燈籠，大門還沒有關上，兩個團練站在門的兩邊，虎視眈眈地瞪著站在台階下的阿寶。

一個團練說：「這個孩子又來了，那天晚上差點凍死！」

另外一個團練對阿寶吼道：「你這個細崽，又來幹什麼，還不快滾回家去！」

阿寶囁嚅地說：「我是來尋冬子的。」

那個團練冷笑，「你是什麼人呀？我們小皇孫的名字也是你叫的？笑死人了，你以為你可以進入皇宮裡去嗎？別在這裡做夢了，快滾蛋吧！否則我把你抓起來，關進黑牢裡！」

另外一個團練悄聲說：「兄弟，你說漏嘴啦，李團總怎麼吩咐我們的，不能說皇宮裡有黑牢的！這事要是被李團總知道了，恐怕關進黑牢的就是你咯！」

那團練頓時面如土色，連聲說：「兄弟你可不能告我的狀呀！」

「不告可以，總得表示表示吧，嘿嘿！」

「沒有問題，沒有問題，改天我請你喝酒。」

「一頓酒就可以打發我？」

「那你要怎麼樣？」

「請我喝一頓酒，外加一吊銅錢，如何？」

「你可真是心狠手辣哪，你這是要我的命呀！」

阿寶對這兩個團練心生厭惡，他想，就是你們殺了我，我也要把阿姐回來的消息告訴冬子。於是，阿寶扯開嗓門喊叫：「冬子，阿姐歸家了，你快歸家去看看她吧——」

他一連喊了幾聲，就被撲過來的兩個團練抓住了。

「放開我，放開我！」阿寶掙扎著，「冬子，阿姐歸家了，你快歸家去看看她吧——」

這時，李慈林滿臉殺氣地出現在大門口。

他斷喝道：「你們兩個混蛋！快放了阿寶！」

那兩個團練鬆開了手，面面相覷地站在那裡，李慈林讓他們恐懼。李慈林走到阿寶面前，低下頭，輕聲問道：「阿寶，你在這裡喊什麼？」

阿寶眼淚汪汪地說：「慈林叔，我是來告訴冬子，阿姐歸家了，讓他歸家去看看她，阿姐現在很不好！」

李慈林的眼皮跳了跳，「阿寶，你說什麼？紅棠怎麼啦？」

阿寶的淚水流了出來，「阿姐病了，病得很嚴重。」

李慈林的臉色有些變化，眼睛快速地眨了幾下，像是有沙子進入了眼睛。停頓了一會，李慈林說：「阿寶，多謝你來告訴我們紅棠的事情，好了，你現在歸家去吧，你也該歸家去吃飯了。」

阿寶點了點頭，「慈林叔，別忘了告訴冬子，阿姐一定很想他的，阿姐好可憐！」

李慈林沉重地點了點頭。

阿寶就期期艾艾地走了。

看著阿寶的背影，李慈林咬了咬牙！他粗重地嘆了口氣。身體搖晃了一下，頭腦一陣眩暈。

冬子正和李公公一起吃晚飯。

李公公吃飯的樣子十分斯文，他告訴冬子吃東西要細嚼慢嚥，不能狼吞虎嚥，那是下等人的吃法，冬子現在不是一般的人，而是唐鎮未來的統治者。冬子不敢和他的眼睛對視，內心牴觸，他不想做什麼上等人，只希望自己是一個快樂自由的人，內心存留善良和本眞，不需要像李公公那樣複雜，擁有多副面孔和許多可怕的祕密。

冬子的心應該是隻自由飛翔的鳥。

冬子聽到了阿寶的喊叫。

他的心頓時鮮活起來，阿寶來找他了，冬子以爲阿寶再也不會來找他了，白天裡，余老先生教他念《三字經》時，他心裡還在想念著阿寶，枯燥無味的《三字經》令他難以忍受。平常看上去溫和儒雅的余老先生其實是個兇惡的老頭，見冬子不好好讀書時，就會讓冬子把手伸出來，惡狠狠地用戒尺抽打他的手掌，痛得他齜牙咧嘴。

冬子站了起來，想跑到大門外去找阿寶。

李公公冷冷地說：「坐下！」

似乎有種魔力在控制著冬子，冬子身不由己地坐下了。

阿寶的喊聲消失了，冬子的心也就飛出了李家大宅。阿寶在這個時候叫他，一定是有什麼重要的事情找他，不會是叫他去玩那麼簡單。冬子沒有聽清阿寶說的是什麼，心裡充滿了疑慮。

吃完飯，冬子趁李公公和李慈林密談什麼事情，偷偷地溜出了藏龍院，來到了大和院，他知道守門的團練是不會讓他出去的，果然，他被攔在了大門裡面。冬子十分討厭這些狐假虎威的團練。

他氣憤地說：「你們憑什麼攔住我？快讓我出去！」

團練可憐兮兮地說：「皇孫，不是我們不放你出去，是皇上和李團總不讓你出去的哪。你替我們想想，沒有他們的指令，要放你出去了，怪罪下來，如何是好，我們在這裡幹也是賺口飯吃，你就可憐可憐我們吧！如果你真的要出去，你去求皇上和李團總，他們要讓你出去，我們豈敢不放你哪！」

冬子想了想說：「我可以不出去，可是你們要如實告訴我一件事情。」

團練點頭哈腰，「你說，你說，只要我們曉得的事情，一定告訴你！」

冬子說：「那好，你告訴我，剛才阿寶說了些什麼？」

團練笑著說：「也沒有什麼重要的事情，他來就是告訴你，你阿姐回來了，還說你阿姐病了！」

「啊——」冬子睜大了眼睛。

這事情還不重要？他一直擔心著姐姐和母親，現在姐姐回來了，而且又病了，他心急如焚，便不顧一切地衝了出去。那個團練嚇壞了，趕緊追上去，一把從後面抓住了冬子。冬子在他的手上狠狠地咬了一口。那團練痛得殺豬般嚎叫，手一鬆，冬子就飛快地跑了出去。

那個團練朝另外一個團練喊道：「快去稟報李副團總——」

冬子哭了，看到姐姐，他的眼淚就情不自禁地滾落，李紅棠衰老的容顏刺痛了他的心。

李紅棠眼中也含著淚，哽咽著說：「阿弟，莫哭，阿姐不是好好地歸來了嗎，只是沒有找到媽姆，阿姐對不起你！」

冬子哭著說：「阿姐，你莫說了，你歸來就好了。」

李紅棠擦了擦冬子臉上的淚水，難過地說：「阿弟，你在那裡還好嗎，我歸來就聽阿寶說了你的事，阿姐要是在家裡，死也不會讓你去的。」

冬子說：「阿姐，我再也不回去了，我不喜歡那個地方，我要和阿姐在一起。」

李紅棠把冬子的頭攬在懷裡，撫摸著他的頭，輕柔地說：「阿弟，你不用再回去了，阿姐把你撫養成人！」

突然，響起了猛烈的敲門聲，廳堂裡的姐弟倆都嚇了一跳。

緊接著，傳來李慈林的吼叫：「開門，給老子開門！」

冬子說：「阿姐，你坐著，我去開門。」

他剛剛把門閂抽開來，李慈林就一腳把門踢開，冬子躲閃不及，往後一仰，倒在了地上。門口站著兩個提著燈籠的團練，其中一個就是王海榮，他不停地用賊溜溜的目光往裡面瞟，他也聽說李紅棠變醜了，像個老太婆那樣了，想看個究竟。李慈林進屋後，順手把門關上了，王海榮就把眼睛湊在門縫裡往裡面張望。

李慈林彎下腰，把倒在地上的冬子一把抓起來，惡狠狠地說：「屌你老母的！你跑什麼跑，放著好日子不過，你跑回來幹什麼？你曉得嗎，如果順德皇帝不理我們了，我們什麼也不是！老子一片苦心就全栽在你身上了！走，給老子回去！」

冬子倔強地說：「我不走，就是不走，我要和阿姐在一起！」

李慈林氣得渾身發抖，「不走也得走！」

他抓著冬子往門口拖。

冬子哭喊道：「爹，放開我，我不走！」

李慈林說：「你不要喊我爹，我已經不是你爹了，你現在是順德皇帝的孫子！你以後再不要喊我爹了，這裡也再不是你的家了！」

李紅棠跑了出來，淚流滿面地說：「爹，你放了阿弟吧——」

李慈林扭頭看到了女兒，女兒的樣子使他十分吃驚，他放鬆了抓住冬子的手，愣愣地注視著李紅棠，他不敢相信自己花骨朵般的女兒會變成這個樣子。冬子趁機躲到了李紅棠的身後，抓住她的衣服不放。

李慈林喃喃地說：「你是紅棠嗎？你眞的是紅棠嗎？」

李紅棠哭著說：「我是紅棠，爹，求求你，不要讓阿弟走——」

李慈林說：「對，你是紅棠，你的聲音沒有變，你怎麼會變成這個樣子？」

李紅棠無語，她也不知道自己爲什麼會變成這個模樣。

李慈林突然走進了臥房，他們聽到父親在臥房裡翻箱倒櫃的聲音，他們默默地來到了廳堂裡。

冬子還是躲在姐姐的身後，雙手緊緊地抓住她的衣服，渾身瑟瑟發抖。

父親在臥房裡幹什麼？這是他們共同的疑問。

李慈林抱了一個黑漆小木箱走到廳堂裡。這個黑漆小木箱從來沒有在姐弟倆的記憶裡出現過。

李慈林把小木箱放在桌子上，對他們說：「你們過來，我給你們看樣東西，你們就會明白我爲什麼會那樣做！」李紅棠對冬子說：「阿弟，莫怕，虎毒也不食子，爹不會傷害你的！」

李紅棠領著冬子靠近前去。

李慈林打開了那個小木箱。

李紅棠張大了嘴巴，「啊——」

他們看到的是一箱子金元寶。

李慈林的眼睛也被金子照亮，他想，沒有人見到這些東西不會心動的，包括自己的兒女，這些東西會改變人的命運，會讓人從貧困的泥潭裡拔出來，過上美好幸福的生活。李慈林低沉地說：「現在你們明白了嗎，我爲順德皇帝出生入死爲的是什麼，這些東西都是我們的，我們的！有這些金子，我們什麼事情辦不到？告訴你們吧，只要冬子聽話，乖乖地回去，以後我們就會有更多的財富！順德公還有幾年的活命，他那麼老了，就是一段將要腐朽的枯木了！現在你們明白我的一片苦心了嗎！」當然，他心裡還有最重要的一件事情沒有說出來，那就是報殺父之仇，李時淮的頭已經捏在了他的手中，時機一成熟，他就會讓那老狗的頭落地！

李紅棠突然冷冷地說：「有這麼多金子有什麼用？有什麼用？媽姆也走了，找不到了——」

李慈林說：「紅棠，今天晚上，我就把這些金子交給你！你愛怎麼花就怎麼花，我不管，你只要答應冬子和我一起回去。」

冬子說：「我不回去，我要和阿姐在一起——」

李慈林惱了，「老子把話都說到這個地步了，你還不明白！」

李紅棠說：「爹，你把這些金子拿走吧，我不要！媽姆說過，不是我們辛苦賺來的錢財，怎麼也不能要的！你也不要把阿弟帶走！你自己走吧，我會把阿弟養大成人的！」

李慈林氣得發抖，「你們，你們這是要氣死我！我做的一切還不都是為了你們！沒良心的東西！」

李紅棠說：「爹，你做的一切都是為了你自己！媽姆失蹤了那麼久，你竟然像沒有發生任何事情，不聞不問！我變成這個樣子，你又關心過多少？早知如此，當初你就應該把我塞到馬桶裡溺死！金子有什麼用？能換回媽姆嗎？能換回我的黑頭髮嗎？不能，金子現在在我眼裡就是一堆狗屎！」

李慈林憤怒地推開了李紅棠，伸出粗壯的手朝冬子抓過去。

冬子一閃，李慈林沒有抓到他。冬子趁機跑進灶房，從案板上抓起了那把菜刀。他提著菜刀走了出來！

李紅棠驚叫道：「阿弟，你要幹什麼！」

李慈林也呆住了，站在那裡一動不動。他搞不清楚，兒子是要拿菜刀砍他，還是？冬子把自己的一隻手放在桌面上，另外一隻手高高地舉起了刀，他一字一頓地說：「爹，你如果再逼我，我就把自己的手剁了！」

李慈林瞪著雙眼，什麼話也說不出來。

李公公像頭困獸，氣呼呼地在藏龍院的廳堂裡走來走去。吳媽給他泡了壺茶，必恭必敬地對他說：「皇上，請喝茶吧。」

李公公瞪了她一眼，「喝什麼茶，你沒看見老夫煩嗎？去去去——」

吳媽低著頭，退了下去。

李公公不時焦急地往廳堂外張望。

等了許久沒有等來李慈林和冬子，他氣惱地飛起一腳，踢翻了一個凳子。他哎喲一聲，腳尖一陣鑽心的疼痛，他居然以爲自己是練武出身的李慈林，忘記了自己是個從小被閹割掉了的太監！

吳媽聽到動靜，幽魂般從壁障後面閃出來，扶起那個凳子，然後走到痛得直皺著眉頭哼哼的李公公面前，關切地問道：「皇上，你趕快坐下，趕快坐下！」

李公公生氣地說：「你這個人好沒道理，出來先扶凳子，也不先扶老夫！哼，我重要還是凳子重要！哎喲，哎喲——」

吳媽誠惶誠恐地說：「奴才該死，奴才該死！當然是皇上重要，下回奴才一定先扶皇上！」

她扶著李公公坐在太師椅上，連聲問道：「皇上，你哪裡痛？哪裡痛？」

李公公說：「右腳的腳趾頭痛，你快給老夫看看，出血了沒有，老夫最怕出血了！」

吳媽跪在地上，把李公公的腳抱在懷裡，用力地脫去了他腳上厚厚的靴子。

李公公倒抽了一口涼氣說：「你就不能輕點脫嗎，痛死老夫了！你不要總是粗手粗腳地做事情，老夫教你幾百遍了，你就不聽！想當初，老夫給老佛爺脫鞋，她是多麼的舒坦哪。哎喲，哎喲——」

吳媽說：「奴才一定改，一定改，下回給你脫鞋，一定輕輕地脫，讓你也舒坦！」

吳媽輕手輕腳地脫掉了他腳上的布襪，雙手托起他的腳，眼睛湊近前，仔細觀察。

李公公說：「哎喲，你看清楚了，出血沒有？哎喲——」

吳媽說：「奴才看清楚了，沒有出血，就是大腳趾頭有點青。」

李公公說：「沒有出血就好，老夫最怕出血了！哎喲，哎喲——」

吳媽把嘴巴湊近了他的大腳趾頭，呵出溫熱的氣息，輕輕地吹著。吹了一會，李公公噗嗤地笑出來，翹起蘭花指，指著吳媽說：「討厭，你弄癢老夫了——」

吳媽的臉上一點表情也沒有，像刻版一樣，輕聲說：「皇上笑了就好，笑了就好！」

李公公說：「好啦，好啦，快給我把鞋襪穿上！我的孫兒喲，怎麼還不回來哪，老夫的心都碎了呀！」

吳媽邊給他穿襪子邊說：「皇上千萬不要焦心，皇孫會回來的，你儘管放心，可千萬不要急壞了身子！皇上的龍體可金貴著呢！你要是急壞了身子，奴才會心疼死的！」

李公公說：「老夫能不急嗎！」

吳媽給李公公穿好鞋，還沒有站起身，李慈林就火燒火燎地走進來。吳媽感覺到不妙，給李公公請了安，便退了進去。他們說話的時候，吳媽從來不敢在場的，除非李公公叫喚她出來做事。

李慈林走到他面前，跪下，顫聲說：「皇上，在下該死！」

李公公的臉色陰沉，沒有叫他平身，冷冷地說：「到底怎麼回事？」

李慈林還是跪在地上，囁嚅地說：「皇上，恕在下無能，今天晚上不能夠把皇孫帶回來。不過，請皇上寬心，明天我一定會把他帶回來的！我已經派人在家門口守著皇孫，皇孫不會有什麼閃失的！皇上恕罪！」

李公公捶胸頓足，「孫兒呀，老夫的孫兒呀！你要是有什麼差池，可如何是好，老夫就不活了呀！」

李慈林的腦門冒出了一層汗珠，「皇上，請你安心，皇孫不會有事的，他和他姐姐在一起，門外又有人把守，不會出任何差錯的。皇上，你安心哪，如果有什麼問題，在下提頭來見你！」

李公公氣憤地說：「要嚴懲那兩個放走老夫孫兒的傢伙，不然，以後還會出更大的亂子！你下令把那兩個傢伙吊在大和院的樹上，餓他們一天，讓其他人看看，不好好做事，後果是什麼！」

李慈林磕頭說：「皇上，我馬上去辦！」

李公公緩過一口氣說：「能不能把皇孫的姐姐也接進宮來，這樣就可以穩住皇孫的心了！」

李慈林面露難色，「這，這恐怕辦不到。她的脾氣像她媽，柔中帶剛，處理不好，容易出大問題。況且，她現在病得很重，在下怕她進宮後會嚇著皇上，那樣在下可擔當不起！」

李公公若有所思，「哦——」

李慈林還是跪在地上，頭上還在冒著汗。

李公公站了起來，冷冷地說：「你起來吧，跪著夠累的。」

李慈林趕緊站了起來，吐出了一口悶氣。

李公公接著說：「你要好好解決你女兒的問題，實在不行，要採取一些手段，老夫不希望皇孫老是跑出宮去，他現在可是老夫的心頭肉哪！你明白嗎？這是老夫的一塊心病！」

李慈林心裡罵了一聲，心狠手辣的老東西！表面上，他低著頭說：「皇上放心，在下會儘快處理好這個問題的。」

李公公嘆了口氣說：「好吧，你現在陪老夫去黑牢看看那個紅毛鬼！」

這是潮濕黑暗的牢房，冽風從任何一個縫隙中透出，徹骨的寒冷。黑暗中，約翰在心裡禱告，希望上帝把他從苦海裡解救出來，他知道自己所受的一切苦難都是爲了得到救贖。

一扇門被打開來了，那不是上帝之門，而是這黑牢之門。

一陣陰冷的笑聲傳了進來，然後，約翰看到了光，不是上帝之光，而是燈籠的光亮。

李慈林提著燈籠走在前面，李公公拄著龍頭拐杖走在後面。

他們來到一個巨大的鐵籠子前，冷冷地看著鐵籠子裡面的約翰。約翰躺在鐵籠子裡，奄奄一息，他半睜著眼睛，李慈林和李公公在他的眼裡模糊不堪。他想開口說什麼，可說不出來，喉嚨在冒火，還堵著一團黏糊糊的東西。約翰又餓又渴，渾身癱軟。他不明白他們爲什麼要把自己關在這個地方，還把自己裝進鐵籠子裡，彷彿自己是一頭野獸。

李公公冷笑著說：「給他一點水喝吧。」

李慈林把手中的葫蘆遞進了鐵籠子裡，「紅毛鬼，接著!」

約翰使盡全身的力氣顫巍巍地伸出手，接過了那個葫蘆，往嘴裡倒水。水冷冰冰地進入他的口腔，順著他的喉嚨，流到胃裡，五臟六腑都被生命之水所滲透。葫蘆裡的水很快就喝完了，他把空葫蘆遞還給李慈林，李慈林接過葫蘆，隨手把它扔到了牢房的某個陰暗角落，角落裡發出一陣凌亂的響聲。

約翰的身體漸漸有了力量，那是上帝給他的力量。

他睜開了眼睛，李慈林和李公公的臉面漸漸清晰起來。

他們是什麼人?約翰一無所知，但他可以猜得出來，這兩個人的其中一個，就是威脅和綁架他的幕後操縱者。他們倆，一個滿臉橫肉，兇神惡煞；一個臉色蒼白，陰險狡詐。約翰斷定，這個臉色蒼白的老者就是那個幕後操縱者!他張了張口，想問他爲什麼要如此對待自己，卻什麼話也說不出來了，他的嗓子啞了！約翰心裡明白了，剛才那水一定有問題，他們在水中放了毒啞他的藥！

這兩人都是魔鬼！

李公公見他想說話又說不出來，陰惻惻地湊近他說：「紅毛鬼，你的報應到了！你還想說什麼？想繼續欺騙和愚弄我們中國人？傳教，讓大家相信你的鬼話？哼哼，晚啦！你只有等到下輩子才能說話了。可是，你有來生嗎？不一定有咯！你知道嗎，我這一生最恨的是什麼人？老夫告訴你吧，那就是你們這些洋鬼子！你們要讓全中國人都成爲閹人，跪在你們的腳下！你等著吧，你不要說上天堂，你就連地獄也入不了了，你的未來就是飄在唐鎮上空永不超生的孤魂野鬼！」

約翰的喉嚨裡發出嘰嘰咕咕的聲音，那是他的語言。

李公公他們什麼也聽不見。

李公公笑了笑，「紅毛鬼，你不要浪費精神了，你就等著審判吧！」

就在這時，他們聽到外面有人在喊叫，喊叫聲十分淒厲。

李公公渾身哆嗦了一下，手中的龍頭拐杖一下沒有拿穩，掉在了地上。李慈林的目光驚惶，把龍頭拐杖撿了起來，遞給李公公。李公公驚魂未定，聲音顫抖，「快走！」

第十三章

大清早，李紅棠打開了家門。她拉著冬子的手，走了出去。

早起的人驚訝地發現，李紅棠的頭上和臉上都沒有蒙上藍花布，而且是那麼的坦然，不像昨天黃昏風吹掉藍花布時那麼驚惶失措，她的目光堅定，仰首挺胸，彷彿對一切都不以為然。

李紅棠邊走邊對冬子說：「阿弟，你要笑，不要拉著臉，要笑著走進李家大宅！不要讓人把你看輕了！你要記住，姐姐永遠都和你心連著心，你得空了就回家來看我。你要記住阿姐昨天晚上和你說的話，一定要記住！」

冬子點了點頭。

李駝子剛剛打開店門，就看到他們經過。

李駝子目光悲憫，輕輕嘆息，「造惡喲！好端端的一個姑娘，就這樣毀了！李慈林哪，你著了什麼魔？就這樣把好端端的一個家給毀了！」

李公公萬萬沒有想到，李紅棠會親手把冬子送回來。

李慈林也十分意外，對女兒越來越捉摸不透。

昨天晚上，他和李公公從黑牢裡出來，什麼也沒有看見。

李公公戰戰兢兢地對他說：「一定是他的鬼魂出來作祟了，明天你把王巫婆請來，讓她把這地方弄乾淨。」

想到李公公的話，他就把李騷牯叫到了面前，「騷牯，過年沒兩天了，你一定要把我交代的事情做好，什麼事情都和朱銀山以及幾個族長商量好，也要督促他們把皇上登基準備工作做好，千萬不能出什麼紕漏，這可是頭等大事！」

李騷牯拍著胸脯說：「慈林老哥，你放心吧，保證萬無一失！」

李慈林說：「話不要說太滿，把事情做好最重要！對了，你現在去把王巫婆請來，就說是皇上叫她來的！」

李騷牯說：「好的，那我去了！」

李慈林好像想起了什麼，「等等！」

李騷牯說：「慈林老哥，還有什麼吩咐？」

李慈林的眼珠子轉了轉說：「那兩個傢伙還吊在大和院的樹上？」

李騷牯點了點頭。

李慈林說：「冬子也回來了，他們也吊了一個晚上了，把他們放下來吧，給他們弄點好酒好肉壓壓驚！」

李騷牯說：「好的，好的，我照辦！」

李駝子坐在壽店裡長吁短嘆，從輩分上講，李慈林是他的堂侄兒，有些事情，他是可以說李慈林的。可是，李駝子不會去說他什麼，李慈林父親被殺後，留下他這個孤兒，李駝子沒有收留他，也沒站出來主持公道，還能說什麼，說不準李慈林還記恨他呢！李駝子想起那天晚上的事情，心裡就很不舒服，他認爲那事情一定和李慈林有關。

那天，有兩個到唐鎮收山貨的外鄉人住進了雨來客棧。

也就是這天晚上，李駝子不知吃什麼吃壞了肚子，半夜三更爬起來屙屎。

他在尿屎巷裡待了老長時間，才把屎屙完。他用乾稻草擦完屁股，走出了茅房。他還沒有走出尿屎巷，就聽到小街上有細微的腳步聲傳來。李駝子覺得奇怪，就趴在巷子口的一個角落裡，看個究竟。他發現幾個蒙面人抬著兩捆用席子包裹的長條形東西朝西面走去……

第二天，他就聽胡喜來說，昨天住進客棧的兩個外鄉人不見了。

李駝子心裡明白了什麼，身上的寒毛倒豎，他們這是在幹什麼呀？那畢竟是兩條人命哪！這不是李慈林他們幹的，又是誰幹的？只有他們才能打開城門，把那兩個人的屍體抬出去！包括那個外國人的失蹤，李駝子也認爲是李慈林他們幹的！

李駝子感覺到，唐鎮很快就要大禍臨頭了。他越想越不對勁，突然想做點什麼事情。

李駝子取了許多紙錢，裝在一個竹籃裡，然後提著竹籃朝鎮西頭走去。

守城門的團練問李駝子：「駝背佬，你拿著紙錢幹什麼去哪？」

李駝子的嘴巴裡吐出一句話，「去燒給你們！」

團練生氣地說：「你這個死駝背佬，好沒道理，我好心問你一句，你如此惡毒地咒我！」

李駝子沒有再理他們，自顧自地走了。

團練朝他的背影吐了一口痰，「呸，什麼東西！被老子抓住機會，看弄不死你！」

李駝子來到河灘上，望著遠處的五公嶺，緩緩地說：「原諒我這個駝子吧，我要走到五公嶺，最少要半天時間，我就在這裡把紙錢燒給你們吧！你們莫要害唐鎮的好人，要報仇的話，就去找那些害死你的惡人吧！他們的確喪盡天良，不得好死！」

他點燃了紙錢。紙錢燒出的嫋嫋青煙和紙灰都一起朝對岸下游的野草灘飄去，李駝子駭然地看到，野草灘湧起一團濃重的黑霧，那團黑霧翻滾著升騰，漸漸在天空中彌漫開去……

王巫婆在李家大宅驅完鬼，就被李慈林請到了他的房間裡。

李慈林把一個金元寶遞給她，王巫婆渾濁的眼睛裡放出了亮光。

她嘴角抽搐，喃喃地說：「這，這──」

李慈林笑著說：「王仙姑，拿著吧，這是皇上賞你的！」

或許她一生也沒有見過這麼大的一坨金子，還是不敢相信，「這是真的？」

李慈林說：「當然是真的，拿著吧，到了你手上就是你的了。」

王巫婆顫抖地接過那個金元寶，放在嘴邊，伸出舌頭舔了舔。

李慈林說：「這又不是吃的東西，你這是？」

王巫婆說：「我想看看金子什麼滋味。」

李慈林說：「你舔出什麼滋味來了？」

王巫婆搖了搖頭，「什麼滋味也沒有，添塊石頭還能夠舔出泥塵味，怎麼金子就沒有味道呢，這是不是假的！」

李慈林呵呵一笑，「你眞風趣，這怎麼會是假的呢，你放心收著吧！」

王巫婆說：「你們給我太多了，我承受不起哪！」

李慈林說：「皇上說了，你爲我們做了那麼多事情，這還給得少了呢，以後還會有更多的賞賜！」

接著，李慈林把嘴巴湊到她耳邊，輕輕地說了些什麼。

王巫婆連連點頭說：「好，好，我照辦！」

李慈林交代完什麼，又說：「王仙姑，我想請教你一件事情。」

王巫婆笑著說：「有什麼事情你就儘管說，莫要和我客氣。」

李慈林的臉色陰沉下來，嘆了口氣說：「小女紅棠是我一塊心病哪！她的事情，你應該也有所耳聞吧，她變成這個樣子，眞是怎麼也想不到的呀！鄭士林老郎中去看了，也毫無辦法。他也從來沒有見過這樣的事情，好好的一個細妹子會變老太婆！你說，我可怎麼辦才好。」

王巫婆聽他說李紅棠的事情，眼神慌亂起來，李紅棠的事情她也知道，唐鎭就這麼一丁點大，放個屁全鎭都能聞到臭味。有傳聞說，李紅棠是被狐仙上了身，如果是這樣，她也沒有辦法，想起兩年前的那樁事情，她還心有餘悸，她是鬥不過狐仙的，也就是說，她王巫婆也不是萬能的，不是所有問題都能夠用她的桃木劍和符咒解決。

王巫婆想了想說：「以前聽道上的一個仙姑說過，像紅棠這種情況，有個辦法能夠讓她復原。但是，不知道是不是眞有用！」

李慈林像是抓住了一根救命稻草，「你快說！不管有沒有用，現在只能死馬當活馬醫了，你說是不是這個理！」

王巫婆點了點頭說：「理是這個理！我就直說了吧，以前道上的那個仙姑說，碰到這樣難辦的事情，結婚沖喜有用。我看呀，紅棠該也有十七八歲了，早就該嫁人了，你還不如給她找個人家嫁了，這樣不就萬事大吉了！如果把她的病治好了，對她也有了交代，實在治不好病，你不也少了個拖累？」

李慈林拍了一下自己的腦門，「是個好主意，我怎麼就沒有想到呢！我眞是笨哪！」

重要的是，李紅棠要是嫁出去後，就不會再帶走冬子了，這對李公公也有了交代，李公公也不會逼自己對李紅棠下毒手了，他又豈能對自己的親生女兒下手呢？李慈林這樣想。

看到被吊在樹上那兩個團練淒慘的樣子，王海榮心裡就直打鼓，如果自己被吊上一個晚上，能不能受得了？

那兩個團練放下來時，都癱掉了，好長時間沒有緩過勁來！

伴君如伴虎哪！還有一個問題令王海榮心驚肉跳，那就是他日思夜想的李紅棠變成了老太婆，如果他眞的得逞娶了她，能一生面對她而不會心生恐懼和厭惡嗎？這的確是個難題，這個難題讓他打退堂鼓。他想自己怎麼鬼迷心竅要來當團練，本本分分出點苦力賺口飯吃，也心安理得，沒有那麼多顧忌。

越是怕碰到鬼，鬼就越會找上門！

王海榮正在後悔加入團練，李騷牯走過來，笑著對他說：「海榮，好事來了！」

王海榮疑惑，「什麼好事？」

李騷牯拍了拍他的肩膀說：「你睡死了都會笑活的好事！跟我走吧，莫問那麼多了，到了那裡，你自然就會知道了。」

王海榮忐忑不安，現在不需要有什麼好事降臨到自己頭上，只希望自己平安無事。跟在李騷牯後面，他心裡撥動著小算盤：藉個時機回去和姐姐說說，讓她說服李騷牯，不當這個團練了，不知道姐姐還會不會幫這個忙？

李騷牯把他帶進了李慈林的房間。李慈林坐在太師椅上，翹著二郎腿。

王海榮見到李慈林，單腿跪在地上說：「小的拜見團總。」

李慈林揮了揮手，「好了好了，起來吧！」

王海榮站起來，低著頭，戰戰兢兢的樣子。

李慈林的目光瞟了瞟李騷牯，「騷牯，你先出去吧，我想單獨和他談。」

李騷牯出門去了。

李慈林站起身，走到門邊，往外面左右兩邊看了看，關上門，回轉身用柔和的語氣對王海榮說：「海榮，你今年多大年紀了？」

王海榮侷促不安，「我，我今年二十五歲了。」

李慈林說：「坐吧，坐吧，莫要站著。」

王海榮小心翼翼地坐了下來。

李慈林也坐下來，笑著說：「我二十五歲的時候，紅棠都五歲了，可你現在還是光棍一條！」

王海榮的臉紅了，無地自容，什麼也說不出來。

李慈林又笑了笑說：「我記得以前騷牯對我講過，說你喜歡紅棠，有這事嗎？」

王海榮點了點頭，「有這事，有這事。」

李慈林說：「你喜歡紅棠是正常的，唐鎮哪有不喜歡紅棠的後生崽。當時騷牯和我提這事時，我沒有同意。你也知道，我瞧不起你，不是因爲你家窮，我們家也不富，要是嫌你家窮，沒有道理。說實話，我瞧不起你，是因爲你這個人沒有血性！紅棠要是嫁給你了，非但一輩子受窮，還會在別人面前抬不起頭，她就是被人欺負了，你也保護不了她！你說，我能把紅棠嫁給你嗎？」

王海榮連聲說：「不能，不能！我配不上紅棠，根本就配不上，我是癩蛤蟆想吃天鵝肉！我該死，我該死，我本來就不應該起這個念想的！」

李慈林呵呵笑道：「人是會變的，事情也會改變的。你那個時候的確配不上紅棠，我可沒有說你現在配不上。你想想，你現在是我們團練中的一員，比以前強多了，這些日子以來，你練功也十分努力，做事情也非常認眞，盡職盡責，我都看在眼裡記在心上。」

王海榮渾身哆嗦了一下，頓時明白李慈林找他來的目的了，也明白了李騷牯說的「好事」指的是什麼。他的心冰涼冰涼的，這可如何是好！

李慈林說：「海榮哪，你也曉得，紅棠也十七歲了，早就到了婚嫁的年齡了，你要是有意，我就把她嫁給你，你看怎麼樣？紅棠是個很顧家的女子，你要娶了她，她會把你那個家打理得很好的！」

王海榮吞吞吐吐地說：「這，這——」

李慈林的臉色有點變化，「海榮，你有什麼話就說出來，是同意還是不同意，你給我一個明確的說法！」

王海榮腦門上的汗都急出來了，要是當著李慈林的面表示不願意娶李紅棠，李慈林會不會一刀把他砍了？要是應承下來，李紅棠現在那個樣子讓他如何是好。他心裡十分爲難，不明白爲什麼李慈林非要把女兒嫁給他，爲什麼不找別人呢？王海榮後悔哪，後悔不應該加入團練，如果自己不加入團練，李慈林也不會找他，這分明是柿子揀軟的捏嘛！

李慈林眼睛瞪了起來，臉上的笑容消失了，一拳砸在桌面上，「王海榮，你要是個男人，就給老子一句痛快話！」

王海榮站了起來，雙腿發抖，「團總，你，你讓我考慮考慮可以嗎？這麼大的事，事情，我，我必須回去和我爹，和我媽姆商量，商量——」

李慈林咬了咬牙，「滾吧！」

李紅棠實在太累了，肉體和精神都疲憊不堪。送冬子去李家大宅回家後，她就一頭倒在眠床上，胡天胡地睡將起來。外面小街上的熱鬧和她無關，過年也和她無關，李公公當皇帝也和她無關，李慈林給她張羅婚事更和她無關，她只想好好睡幾天，養好精神後，繼續踏上尋找母親的道路，這次休整好後，她要到更遠的地方去，她相信自己一定能夠把母親找回家！

李紅棠很快就進入了夢鄉。

……她穿著鑲有花邊的衣裳，拉著弟弟的手，歡快地在一條開滿野花的山谷裡行走，因爲有個白鬍子老頭告訴他們，母親在山谷的盡頭等待他們，要把他們帶到另外一片樂土。冬子掙脫她的手，在小溪旁的草地上採了一束雛菊，回到她的身旁，笑著對她說：「阿姐，你蹲下！」她按照他的意思蹲下了，冬子就把一朵一朵美麗的花插在她烏黑油亮的頭髮上，冬子邊插花邊說：「阿姐，好香！」李紅棠笑著說：「什麼好香呀？」冬子說：「阿姐好香！媽姆看到你這樣，她會很歡喜的！」他們繼續往前走，遍地的野花芬芳，許多美麗的蝴蝶在花叢中紛飛。冬子又跑過去追逐蝴蝶，李紅棠喊道：「阿弟，莫貪玩啦，我們快去找媽姆吧，媽姆一定等得著急啦——」她的話音剛落，突然烏雲滿天翻滾，不一會，天就黑了下來，伸手不見五指。她聽到冬子尖銳的喊叫：「阿姐，阿姐——」冬子的喊叫聲漸漸遠去，直至消失。李紅棠在黑暗中跌跌撞撞地奔走，淒聲喊著：「阿弟，阿弟——」她聽不到冬子的回答，只聽到鋪天蓋地而來的狂風怒號。她哭了，大聲地哭了，邊哭邊說：「媽姆，我把阿弟弄丟了，媽姆——」

李紅棠每次醒來，渾身無力，大汗淋漓，不一會又昏昏沉沉地睡去。

她睡過去後，又重新做那個夢，一模一樣的夢，重複著。

就在李紅棠反覆在沉睡中做那個夢的時候，上官文慶正在經歷一場前所未有的苦難。

昨天晚上，上官文慶覺得身體的某個部位有隻螞蟻在爬，癢絲絲的。他伸出手，抓撓了幾下。過了會，還是覺得有隻螞蟻在那個部位爬，而且更加癢了，癢得有些疼痛。他又伸出手，抓撓起來。一次比一次癢，一次比一次疼痛。上官文慶使勁地用指甲摳進皮膚裡，狠狠地抓撓。

那塊皮膚不管他怎麼抓撓，還是其癢無比，而且鑽心地疼痛。

他還是繼續抓撓。

不一會，那塊皮膚就潰爛了，流出暗紅色的黏液。

這塊皮膚沒有停止瘙癢和疼痛，另外一塊皮膚又開始出現同樣的症狀……很快地，渾身上下，從頭到腳，都瘙癢起來。他每抓一塊皮膚，那塊皮膚就會潰爛，流出暗紅色的黏液。

上官文慶被瘙癢和疼痛無情地折磨。他口乾舌燥，喊叫著：「癢死我啦，痛死我啦——」

朱月娘走進他的房間，看到赤身裸體的兒子在眠床上翻滾，那抓撓過的潰爛地方慘不忍睹。

朱月娘心如刀割，兒子的痛苦就是她的痛苦，如果可能，她願意替兒子去死，只要兒子健康快樂。這曾經是多麼快樂的人，儘管他是個侏儒，就是在她面前，也經常微笑地說：「我是唐鎮的活神仙！」她會被他的快樂感染，自己也快樂起來，面對別人的閒言碎語，一笑置之。可是現在，兒子不快樂了，還被莫名其妙的病痛糾纏。老天怎麼不長眼，他生來就是個殘廢了，還要讓他承受如此的痛苦！難道是他上輩子造了什麼惡孽，要在今生受到懲罰？朱月娘無法想像，現實爲什麼會如此殘酷！

上官文慶見到母親進來，坐在床上，背對著她，喊叫著：「媽姆，我癢，好癢，背上我撓不到，你快給我撓呀——」

朱月娘趕緊伸出手，在他的背上抓撓起來，抓撓過的地方馬上就潰爛。

她害怕了，心疼了，眼淚汪汪地說：「文慶，你痛嗎？」

上官文慶咬著牙說：「我不痛，媽姆，就是癢，癢死了，癢比痛更加難熬，你快給我抓呀——」

朱月娘無奈，只好繼續在他的背上抓撓，手在顫抖，心在淌血！

上官文慶喊叫道：「媽姆，不行，這樣不行，你的手太輕了，這樣撓不解癢呀——」

朱月娘悲傷地說：「那怎麼辦呀——」

上官文慶說：「媽姆，你去把鍋鏟拿來吧，用鍋鏟給我刮，痛快些，快去呀，媽姆——」

朱月娘淚流滿面，「這怎麼可以，怎麼可以！」

上官文慶說：「快去呀，媽姆，我受不了了哇——」

朱月娘無奈，只好到廚房，拿來了鍋鏟。

她用鍋鏟在上官文慶的背上刮著，每刮一下，他背上就滲出血水，朱月娘的心也爛了，流淌出鮮血。

……上官文慶終於安靜下來，不喊了，不癢也不痛了，可是他體無完膚，從頭到腳，每寸皮膚都潰爛掉了，滲出暗紅的黏液和血水。

朱月娘要給他穿上衣服。

他制止母親：「媽姆，不要，我熱——」

這可是數九寒冬哪，窗外還嗚嗚地颳著冷冽的風。

這可如何是好？

朱月娘擔心可憐的兒子會在這個寒夜裡死去，就決定去找上官清秋。

上官清秋還沒有睡，咕嚕咕嚕地抽著水煙，這個黃銅水煙壺成了他的寶貝，李公公要當皇帝後，他更加神氣活現，成天手中捧著水煙壺，指揮著兩個徒弟幹活。他沉浸在某種得意之中，朱月娘哭著告訴他關於兒子的事情！上官清秋嘆了口氣，把黃銅水煙壺鎖在了一個鐵皮箱裡，就跟朱月娘出了鐵匠鋪的門。他們在冽風中抖抖索索地朝鄭士林家走去。

鄭士林不太情願地和兒子鄭朝中來到了上官家。

上官文慶面朝上，赤身裸體地躺在床上，像一隻剝掉了皮的青蛙。他睜著雙眼，目光空洞，嘴巴裡喃喃地說著誰也聽不懂的話。在這個人世間，有誰能夠眞正理解他心靈的憂傷和快樂？

朱月娘流著淚說：「你們看看，這如何是好！」

上官清秋背過了臉，兒子的慘狀讓他恐懼、心痛。他不知如何是好，甚至想逃回到鐵匠鋪裡去，看不到兒子，心裡或許會平靜些。這個時候他不能溜走，這樣對不起朱月娘，也會在鄭家父子面前落下罵名。他左右爲難，出錢爲兒子治病，這沒有問題，可要讓他面對兒子，實在艱難！

鄭士林給上官文慶把脈，眉頭緊鎖。

鄭朝中滿臉焦慮地問父親：「爹，怎麼樣？」

鄭士林過了良久才吐出一句話，「摸不到脈呀！」

上官文慶分明還活著，睜著眼睛，還在喃喃地說著誰也聽不懂的話。

鄭朝中也替他把了脈，最後也搖頭說：「摸不到脈。」

朱月娘哭喊道：「鄭老郎中，你們一定要想辦法救救文慶哪！他可是我的心肝哪！」

上官清秋也說：「鄭老郎中，你就救救他吧，無論怎麼樣，他也是一條人命！你們要多少錢，我都會想辦法給你的！」

鄭士林嘆了口氣說：「唉，不是錢的問題，我們做郎中的，就是懸壺濟世，可文慶這病，我們是從來沒有見過呀，不知如何醫治！唐鎭現在有兩個人的病，我都毫無辦法，一個是文慶，另外一個是紅棠！」

鄭朝中說：「爹，看文慶的表徵，像是中了什麼無名腫毒，我看這樣吧，先給他抓幾副內服外用的草藥，打打毒，看有沒有效果！」

鄭士林捋了捋鬍鬚，「只能這樣了！」

上官清秋把藥抓回來，交給朱月娘去熬。

朱月娘說：「清秋，辛苦你了，你去睡吧，這裡有我。」

上官清秋面露難色，「我看我還是回打鐵店裡去，那裡還有那麼多東西，沒有人看著，被人偷了怎麼辦！」

朱月娘嘆了口氣說：「你就是個沒心沒肺的臭鐵客子！我當時是鬼迷了心竅，嫁給了你，你什麼也靠不住，你回去吧，那堆破銅爛鐵比你的命還重要，走吧，反正你也不把文慶當你的兒子。早知道這樣，還不如一生下來就把他塞進尿桶裡浸死，這樣就稱了你的心如了你的意，文慶也不會遭受如此的苦痛！走吧，走吧，我現在看你厭煩，以後文慶是死是活，我也不會再去找你了！」

上官清秋黑沉著臉，走進了臥房，沒有回鐵匠鋪。

其實，他也心如刀割。

朱月娘一直守在兒子的床頭，一夜都沒有合眼。昨晚，她給兒子用湯藥洗完身子後，兒子的身體也漸漸乾燥起來，天亮後，她驚訝地發現兒子潰爛的皮膚結了痂。整個夜晚，上官文慶都在喃喃地說著什麼，她好像聽清楚過兩個字：「紅棠。」他爲什麼會叫紅棠？朱月娘一無所知。她忽略了一個問題，上官文慶也是個有血有肉的男人，也有七情六欲，儘管他是個侏儒！

天快亮的時候，上官文慶閉眼睡去，並且停止了喃喃自語。

兒子睡後，朱月娘就去做早飯。

上官清秋也一夜沒有合眼。很早，他就起床了，進兒子的臥房看了看，早飯也沒吃，就到鐵匠鋪去了。

晌午時分，上官清秋看到了從李家大宅出來回家的王巫婆。王巫婆滿臉喜氣，像是撿到了什麼寶貝，雙手把一個布袋子死死地捣在胸前，生怕被人搶走。她路過鐵匠鋪門口時，上官清秋叫住了她，「王仙姑，請進店裡來說話，我有事相求。」

王巫婆遲疑了一下，腳還是踏進了鐵匠鋪的門檻。

上官清秋把她領進了後面的房間裡，把兒子的事情向她說了一遍。

王巫婆說：「怎麼會這樣呢，李紅棠也得了奇怪的病，聽說是狐仙上了身！你兒子是不是也被狐仙上了身？如果這樣，我可幫不了你的忙，我的法術對付不了狐仙的！不過，我聽以前道中的一個仙姑說過……」

上官清秋爲難地說：「你也曉得，文慶這個樣子，有誰會把好端端的姑娘嫁給他，這——」

王巫婆悄聲對他說：「你可以按我說的去做，這樣……」

王巫婆捣著那個布袋走後，上官清秋就去李家大宅找李慈林。守門的團練稟報過李慈林後，李慈林就從裡面走了出來，笑臉相迎，「清秋老哥，你找我有什麼事情哪？」

上官清秋的力氣很大，把他拉到了興隆巷一個偏僻的角落，神色慌張地說：「慈林老弟，我從來沒有求過你，對吧？」

李慈林點了點頭，不知道老鐵匠要幹什麼。

上官清秋又說：「你們讓我打了那麼多刀矛，我是不是沒有走漏一點風聲，如期交貨，還保質保量？」

李慈林又點了點頭，「沒錯，皇上也很滿意，清秋老哥，你有什麼事情就痛快說出來吧，我還有很多事情要去做呀，現在我都忙得火燒屁股！」

上官清秋撓了撓頭說：「我想，我想——」

李慈林焦急地說：「你就趕快說吧，我都快被你憋死啦！」

上官清秋說：「我就直說了，管不了那麼多了！我想讓你把紅棠嫁給我兒子……」

李慈林睜大了眼睛，「你說什麼？你再給我說一遍？」

上官清秋又把剛才的話重複了一遍。

李慈林咬著牙，瞪著眼睛說：「上官清秋，你給我聽著，你不要拿什麼打刀矛的事情要挾我，我不吃你這一套！你想讓我女兒嫁給你兒子，你打錯算盤了，我就是把她養在家裡變成老姑婆，一輩子不出閣，也不會嫁到你家裡的！」

李慈林氣呼呼地揚長而去。

上官清秋悲涼地嘆了一口長氣。他從來沒有感覺到如此寒冷，渾身篩糠般發抖。

就在這個時候，上官文慶在眠床上痛苦掙扎。他的身體蜷縮著，雙手死死地抓住頭髮，兩個眼珠子暴突，像是要蹦出眼眶，喉嚨裡發出嗷嗷的叫聲。不一會，他的雙腿使勁地伸展開來，雙手還是死死地抓住頭髮，兩個太陽穴的血管蚯蚓般鼓脹起來，口裡發出令人毛骨悚然的嗷叫。他的身體又蜷縮起來……聽到上官文慶的嗷叫，朱月娘趕緊走進了他的臥房。

她驚呆了！

她不敢相信眼前發生的事情。

掙扎中，上官文慶頭上的一層皮爆裂開來，爆裂處的皮往兩邊分開，然後一點一點緩慢地往下蛻，就像是蛇蛻一般，也像是有一把無形的刀在剝他的皮。

上官文慶喊叫著，痛不欲生。

剛開始，他喊著：「媽姆，媽姆——」

過了會，他喊道：「紅棠，紅棠——」

他的喊聲漸漸喑啞，當整個頭的頭皮和臉皮蛻到脖子上時，他完全喊不出來了，喉嚨裡發出嘰咕嘰咕的聲音，彷彿在呑嚥著頭臉上流下來的血水。

上官文慶的身體波浪般在眠床上翻滾。

他身上因爲瘙癢潰爛的皮膚剛剛結痂，現在又被蛻下來。

他身上的皮一點點地蛻下來，一直蛻到腳趾頭。

蛻變後的上官文慶渾身上下光溜溜的，毛髮全無，彷彿很快就長出了一層粉紅色的新皮。

朱月娘伸出顫抖的手，拿起了從他身上蛻下的那層皮，就像蛇皮一樣，十分乾燥。

他停止了掙扎，閉上了眼睛，像個熟睡的嬰兒。

「怎麼會這樣？怎麼會這樣？」朱月娘傻傻地說，「我兒子不是蛇，怎麼會像蛇一樣蛻皮呢？」

這是多麼不可思議的事情！

如果不是她親眼所見，她怎麼敢相信這是活生生的事實！她又訥訥地說：「文慶，你眞的是活神仙嗎？眞的嗎？是不是神仙不會死就像蛇一樣蛻皮？是不是？文慶，你告訴媽姆，告訴媽姆哪！」

又過了一會，上官文慶的身體抽搐了一下，睜開眼，驚奇地看著母親，「媽姆，我怎麼了？」

朱月娘說：「你不曉得你自己怎麼了？」

上官文慶晃晃腦袋，「不曉得，媽姆，我什麼也不曉得，我好像在做夢，夢見自己掉到油鍋裡了，很燙很燙——」

朱月娘被兒子嚇壞了，她的目光癡呆，一時不知道說什麼好。

上官文慶接著說：「媽姆，我現在好冷，好餓——」

兒子的話猛然讓她回到了現實之中，她聽出來了，這才是兒子說的人話。她趕緊扔掉手中的蛻皮，拿起一床被子，捂在兒子的身上。兒子注視著她，眼睛特別清澈和無辜，宛如幼兒的眼睛。這種眼睛讓她心裡特別疼痛，她說：「孩子，你忍耐一會，媽姆去給你弄吃的——」

說著，她朝臥房外面走去。走到門口時，她想起來了什麼事情，又折回身，撿起地上的蛻皮，走了出去。她不知道兒子有沒有看到從他自己身上蛻下來的皮，知道了又會怎麼樣？她不想讓他知道，也不想讓上官清秋和女兒女婿知道，更不想讓唐鎮的任何人知道！這是她的祕密，死也不能說的祕密！如果讓人知道了，會把兒子當成妖怪活埋的！於是，她在生火做飯時，把上官文慶的蛻皮放進了灶膛裡焚燒，蛻皮在燃燒的過程中劈啪作響，還散發出濃郁的焦臭。

沈豬嫲和李騷牯在青花巷狹路相逢。

李騷牯要去找朱銀山，沈豬嫲要去田野裡拔蘿蔔。

李騷牯進入青花巷的時候，沈豬嫲還沒有走出家門。空蕩蕩的青花巷，讓李騷牯想起深夜裡女人詭異的笑聲，頓時渾身發冷。如果不是非要去找朱銀山，他永遠也不想再次踏進這條巷子。

沈豬嫲走出家門時，腦海裡閃過一個念頭：天殺的李騷牯爲什麼不來了？她走出家門後，卻看到了挎著刀的李騷牯迎面走來。她心中一陣狂喜，這傢伙爲什麼晚上不來，難道是改成白天來了？

沈豬嬤內心突然有了一種衝動，如果他願意，就是在白天，也可以爲他獻身。
沈豬嬤的臉上開出了花。她的目光一直沒有離開過李騷牯的臉。
李騷牯的臉上沒有任何表情，內心卻恐懼到了極點，但不是因爲沈豬嬤而恐懼。
沈豬嬤無法理解他的心情。
李騷牯沒有拿正眼瞧她，對她投來的熱切目光無動於衷。
李騷牯和沈豬嬤狹路相遇。他們都停住了腳步，都好像有話要說。
誰也不想先開口，彷彿誰先開口，誰就會死。
沉默。
青花巷突然變得如此沉寂，李騷牯覺得沉寂中有雙眼睛在窺視著他們。
他希望沈豬嬤什麼也不說就和他擦肩而過，沈豬嬤卻希望他什麼也不說就把她拉回家裡去，不管余狗子還在死睡。
他們僵持在那裡，一點意義都沒有，似乎又很有意義。
沈豬嬤的胸脯起伏，呼吸急促。
李騷牯渾身冰冷。
此時，他沒有欲望，欲望被一個死去的女人扼殺，那個死去的女人在青花巷的某個地方惡毒地瞪著他。他產生了逃離的念頭。可朱銀山還在家裡等著他，說不定還沏好了香茶呢，朱銀山是連李公公也不想得罪的人，他必須硬著頭皮去見他。
沈豬嬤受不了了。
她先打破了沉寂，「你要去哪？」

李騷牯冷冷地說：「我去哪裡和你有什麼關係？」

他眞不是個東西，裝得像個正人君子，沈豬嫲想。

沈豬嫲又說：「你不是來找我的？」

李騷牯說：「我又沒瘋，找你幹什麼！」

沈豬嫲咬著牙說：「你是個烏龜王八蛋！」

李騷牯想起了王海花在枕邊和自己說過的話，伸手拉住了正要走的沈豬嫲，咬著牙說：「沈豬嫲，我警告你，以後不要再罵我老婆，否則對你不客氣！聽明白沒有？」

沈豬嫲冷笑了一聲，「李騷牯，我好怕喲，我沈豬嫲是嚇大的喲！李騷牯，我也告訴你，讓你老婆不要太張揚了，那樣對你不好！以後她還要在街上得意，我還是要說她的，我是替你教訓她！把你的手拿開，老娘要走了！這年頭，誰也靠不住，靠你們男人，老娘早餓死了！」

李騷牯鬆開了手。

沈豬嫲氣呼呼地走了。

李騷牯沒有料到她的反應會如此強烈，像是被踩著尾巴的蛇，回過頭來咬了他一口。

李騷牯的心在顫抖。他努力地讓自己平靜下來，膽子壯起來，可自己的身體還是不聽使喚，哆嗦起來。

他弄不清楚自己爲何會如此恐懼。

彷彿大難臨頭。

第十四章

阿寶也不明白，爲什麼李紅棠會把冬子送回李家大宅。在阿寶眼裡，李家大宅就是一個巨大的墳墓，那些從李家大宅進進出出的人，都是一些鬼魂，冬子除外。

這是大年三十的早晨，阿寶被鞭炮聲吵醒。他迷迷糊糊地穿好衣服走出臥房時，看到父親張發強的笑臉。好長時間，他沒有看到父親臉上露出笑容了，而且，父親今天沒有做木工活的意思，那些木匠傢伙都收拾起來了。也是，沒有誰會在過年的時候幹活的，也不會有人在過年的這天做生意，唐鎮街上的所有店鋪在昨天晚上以前就停止了營業。

過年是唐鎮人一年中最重要的節日。

廳堂裡放著一個很大的紅燈籠。阿寶的目光落在燈籠上，想：這個燈籠怎麼和李家大宅門上掛的燈籠一模一樣呢？

張發強笑著對他說：「兒子，走，跟爹到門口掛燈籠去。」

阿寶和父親來到了家門口。張發強踩在竹梯子上，把燈籠掛在了門楣上，笑著對兒子說：「好看嗎？」

阿寶點了點頭，「好看。」

整條小街上的人都在興高采烈地掛燈籠，那紅燈籠都是一模一樣的。

張發強從梯子上爬下來，摸了摸阿寶的頭說：「阿寶，你是不是想問我，這燈籠是從哪裡來的？」

阿寶說：「是呀！」

張發強說：「今年不一樣了，明天大年初一，順德皇帝要登基，他說要讓大家過上一個好年，就派人每家每戶發了個燈籠掛掛，這樣顯得有氣氛。這都算小事情，順德皇帝一大早就派人送來了雞鴨魚肉，還有一罈糯米酒！每家都送的！這要花多少錢哪！可見順德皇帝是個大方的人哪，爲我們老百姓著想，眞不容易！我從出生到現在，沒有見過像順德皇帝這樣的好人。看來我是小人之心了，修建城門也是爲我們自己好，我還心生怨恨，不該呀！做人還是要有公德心！」

阿寶覺得父親今天特別囉唆。

冬子家的門楣上也掛了一個紅燈籠，不知道是不是李紅棠掛的，這兩天，他都沒有見到她，她家的門也緊緊地關閉著，現在還是那樣。每家每戶的煙囪上都冒出了縷縷的炊煙，李紅棠家屋頂的煙囪冰冷地矗立在晨光之中，不見有炊煙飄出。

阿寶想去敲李紅棠的家門，可他沒有這樣做，走到她門前，他就縮回了伸出的手。他想，也許她還在睡覺，她太辛苦了，應該讓她多睡一會，也許她休息好了，頭髮就會變黑，臉蛋就會變回從前俏麗的模樣。

阿寶癡癡地想。

張發強扛著竹梯子進屋去了，進屋前，對阿寶說：「兒子，不要跑太遠了，別忘了回家吃早飯！」

阿寶沒有答應父親，突然他又想起了好朋友冬子，去年過年時，他們一早起來就在一起玩，一起放鞭炮，一起淘氣。可現在呢？他不曉得冬子在幹什麼。阿寶顯得特別孤單，像秋天裡天空中孤淒飛翔的大雁，那是離群的孤雁。

阿寶心裡一點也不快樂，就算他聽到有人說晚上看大戲，也高興不起來，只是腦海裡會突然浮現出趙紅燕的影子。阿寶神色淒迷地在唐鎮喜慶的小街上漫無目的地行走。沒有人會在意他的憂傷。

阿寶驚訝地發現，只有李駝子的壽店門口沒有掛紅燈籠。

阿寶看到了王海榮。王海榮神色倉皇，不像往常那樣神氣活現。阿寶想，他是不是碰到什麼麻煩了。

王海榮提著一個燈籠，來到壽店門口。李駝子壽店的門緊閉著。

王海榮伸出手，使勁地拍門，「駝背佬，快開門！」

過了會，門開了一條縫，李駝子在裡面沒好氣地說：「你亂敲什麼門呀，吵死人了！」

王海榮說：「我腿都跑斷了，你曉得嗎！爲了給你送燈籠，我都跑了兩趟了。」

李駝子冷冷地說：「你給我送燈籠做什麼？誰要你送？」

王海榮說：「這是皇上的恩典，你到底要不要？」

李駝子說：「你看清楚沒有，我這是壽店，專賣死人用品的！我掛一個紅燈籠算什麼？」

王海榮撓著頭，不知道說什麼好。

李駝子用力地關上了門。

王海榮渾身顫抖了一下，無奈地提著那個紅燈籠回李家大宅去了。

阿寶突然莫名其妙地想，如果自己死了，冬子會不會買匹紙馬燒給自己？

這是個不祥的想法。

冬子穿上了簇新的袍子，是繡著青龍的黃袍。

李公公笑咪咪地給他戴上一頂黃色帽子，然後翹起蘭花指，喜形於色地說：「眞好看，我孫兒眞好看！」

冬子臉上沒有一絲笑容，心裡想：「誰是你的孫子！」

冬子的心情比阿寶還灰暗，心裡一直念叨著母親和姐姐，也想著阿寶。他的眼珠子轉了轉，對李公公說：「皇爺爺，我想，我想，我想——」

李公公說：「我的乖孫兒，你想說什麼就說，爺爺都答應你！」

冬子說：「眞的？」

李公公摸了摸他的臉說：「那還有假，你說吧！」

冬子低下頭說：「我想回家去看看阿姐，她一個人在家，一定很難過！」

李公公的眼睛裡掠過一絲陰霾，「這不就是你的家嘛，那已經不是你的家了。不過，你要是想她，我可以派人去把她接到宮裡來和你相見！你看如何？」

冬子的心裡哀嘆了一聲，明白這個老東西是不會答應他這個要求的，也不相信老東西會把姐姐接進來相見。

李公公笑了笑說：「孫兒，陪爺爺到院子裡走走，如何？」

冬子突然說：「皇爺爺，我沒有睡醒，還想睏覺。」

李公公無奈地說：「那你去睡吧。」

冬子扭頭走進了臥房，把門關上，反閂好。他不想見到李家大宅裡的任何人。這是他有生以來最無趣、最慘淡、最悲涼的春節，儘管在唐鎮人眼裡，他過上了榮華富貴的生活。

此時，冬子的腦海浮現出一匹馬。

那是紙紮的白馬，出自李駝子之手的紙紮的白馬。

冬子眞希望這匹白色的紙馬把自己帶走，帶他到一個純淨美好的地方；還要把姐姐也帶走，他相信，在那個天堂般的地方，可以見到疼愛他的舅舅，也可以見到在濃霧中走失的母親。

那匹白色紙馬在何方？

現在，他就像是關在牢裡的囚徒。

冬子十分傷感，蹲在火盆邊，蜷縮成一團。

他想流淚，卻流不出來，淚水彷彿已經流乾。一個人悲傷到連眼淚都流不出來了，這是多麼絕望的事情。冬子知道，姐姐也已經流乾了眼淚。他們最後相聚的那個晚上，姐姐和他都流了一晚的淚，姐姐和他說了很多很多的話，彷彿生離死別。他很清楚，姐姐送他回來，是爲了保護他，如果他不回去，也許他們都會遭到毒手，他們都曉得，父親已經不會保護他們了，他已經變成了一個歹毒的殺人不眨眼的魔鬼！那個早晨來臨的時候，姐姐的話也說完了，淚也流乾了，平靜得像無風的樹，拉起他的手，走出家門……冬子心中喊了聲：「阿姐——」他不知道姐姐還在沉睡，還在做那個夢。

冬子往床底下望去。

他的心顫抖了一下。

過了一會，他鑽進了床底。

冬子進入了地洞，沉悶得可怕的地洞。

有兩個地洞呈現在他的面前，一條通向李公公的密室，另外一條通向未知的地方，也許是地獄，也許是天堂。

冬子猶豫了一會，然後朝那條通向未知地方的地洞爬過去。

沈豬嫲今天也穿戴齊整，再邋遢的女人也會在過年這天將自己打扮得利索些，希望過年的喜慶之氣能夠給自己帶來好運。李公公也讓人送來了紅燈籠和雞鴨魚肉，她還是心懷感恩之情，要是靠余狗子，這個年不知道該怎麼過。沈豬嫲還有一種想法，團練送來那麼多東西，說不定還是李騷牯的功勞，別看他對自己表面上冷淡，內心還是向著自己的。這種想法，使她心中又充滿了某種欲望，她不禁飄然起來，走在小街上，臉上開著花，眼睛散發出迷醉的光澤。

王巫婆的目光審視著她，迎面走來。

沈豬嫲看著這個平常很少在街上走動的神祕老女人，心裡有點發怵。她想躲避王巫婆，可是來不及了。沈豬嫲給自己壯膽，為什麼要怕她呢！

王巫婆站在她面前。

沈豬嫲心虛地笑了笑，「仙姑過年好！」

王巫婆也朝她笑了笑，「你也過年好！」

沈豬嫲發現她的笑容比平常慈祥多了，應該不會有什麼惡意，給自己下個毒咒什麼的。

王巫婆突然說：「我們借個地方說話。」

沈豬嫲想，她有什麼話要和自己說？

她捉摸不透這個老婦的心。她不敢拒絕王巫婆，唐鎮又有幾人敢對王巫婆說個「不」字呢。沈豬嫲不想得罪她，只好乖乖地跟在了她後面，來到一條巷子裡。她們在巷子裡一個僻靜的角落面對面地站著。沈豬嫲心裡忐忑不安，被她這樣的人找上，總歸不是什麼好事情，平常大家都對她敬而遠之。

王巫婆臉上慈祥的笑容消失了，渾濁的眼睛裡飄過一絲陰影。

沈豬嫲看著她這樣的表情，渾身發冷，覺得凶多吉少。

王巫婆的聲音陰冷，「沈豬嫲，你不要怕，我不會吃了你的。不過，我和你說的這件事情，可不是開玩笑的……」

接著，王巫婆的嘴巴湊在了沈豬嫲的耳朵上，細聲地說著什麼。

沈豬嫲聽完她的話，睜大了驚恐的眼睛。

王巫婆說完後，沒有再理她，若無其事地走了。

沈豬嫲注視著她蒼老的背影，不禁打了個寒噤。

她爲什麼要和自己說這事？沈豬嫲百思不得其解。

還沒有到中午，唐鎮裡裡外外就風傳出這樣一條消息：土地娘娘託夢給王巫婆，說有個惡鬼進入了唐鎮，這個惡鬼附在了一個人身上，那個人就變成了紅頭髮，藍眼睛，鼻子也變成秤鉤一般；這個惡鬼如果不除，會給唐鎮人帶來大災大禍，李紅棠和上官文慶的怪病都和這個惡鬼有關；好在這個惡鬼被李慈林捉住了，關在一個祕密的地方，要眞正除掉這個惡鬼，可不是件簡單的事情，要把他千刀萬剮，而且是把他的肉煮熟，分給大家吃掉，惡鬼的魂才會被消滅，才不會重生……

每個聽到這個消息的人，都會自然地想到一個人，這個人就是傳教士約翰。

上官文慶也聽到了這個消息。

上官文慶不相信自己的怪病和那個叫約翰的人有關，他認爲約翰是個可以信賴的人。他不知道約翰被關在什麼地方，並且爲約翰的命運擔憂。今天早上，朱月娘給他穿上了新衣服，還在他光溜溜的頭上戴上了一頂嶄新的瓜皮帽。蛻皮後，他沒有感到什麼不適，只是身體又變小了一圈，粉紅色的新皮很快就變黑了，如果他赤身裸體躺在床上，就像是一截黑炭。

街上人來人往，很是熱鬧。這個消息並沒有影響過年喜慶的氣氛，只是在人們的心中投下了一絲陰影。

上官文慶在人流中鑽來鑽去，沒有人會注意他，或者根本就注意不到他。

他來到了李紅棠的家門口，坐在門檻上，等待著什麼。

阿寶看見了他，卻已經認不出他來了。

阿寶想，唐鎮怎麼又多出來一個侏儒，比上官文慶還矮小的侏儒。而且這個侏儒比他還黑，阿寶的臉已經夠黑的了。這個黑炭般的侏儒爲什麼坐在李紅棠的家門口，阿寶心裡警惕起來。他走到上官文慶面前，甕聲甕氣地說：「你是誰？」

上官文慶抬起頭，「阿寶，你不認識我了？」

他的眼睛十分清澈，比阿寶還要憂傷。

阿寶疑惑地說：「不認識，我從來都沒有見過你。」

上官文慶悲哀地說：「你連我的聲音也聽不出來了？」

阿寶的腦子裡搜索著這個人的聲音，卻沒有半點關於他的聲音的記憶，「聽不出來，我從來沒有聽過你的聲音。」

上官文慶明白了，自己的容貌改變了，聲音也改變了。他想，要是李紅棠也認不出自己了，那是最悲哀的事情。

上官文慶說：「我是唐鎮的活神仙哪！」

這不是上官文慶常常掛在嘴邊的話嗎？難道他就是上官文慶？阿寶不敢相信。阿寶說：「你，你——你要是上官文慶，怎麼會變成這個樣子？」

上官文慶無奈地說：「我自己也搞不清楚。」

阿寶的心冰冷冰冷的，他感覺到了恐懼。

相信唐鎮大部分人家的年夜飯都是十分豐盛的，而且一家人團聚在一起的心情是愉悅的，吃完年夜飯，還有大戲看，人們更加覺得這個年過得眞是和往昔不同。

李紅棠卻和別人不一樣，孤獨凄冷地過年。

她在黃昏的時候醒來。

她聽到唐鎮此起彼伏的鞭炮聲，就起了床。

唐鎮人有個習慣，吃年夜飯前，要放鞭炮。

李紅棠的嘴巴苦澀，肚子空空的，不知道自己在床上躺了多長時間。起床後，她本能地喊了聲，「阿弟——」

她喊完後才緩過神來，冬子已經不在家裡了，說不準現在正和那個老太監在一起吃年夜飯呢。她希望冬子快樂，能夠多吃點好東西，不要想著自己，要難過就讓自己一個人難過吧，反正也不是難過一天兩天了，她的心早就被痛苦之石砸得稀巴爛了。

李紅棠的雙腳就像是踩在棉花上，軟綿綿的，下樓梯時，一腳踩空，差點滾下樓去。她來到灶房裡，發現灶台上放著很多年貨，她沒有感到驚奇，這一定是那個可惡的父親送過來的。想起往年過年時，雖然沒有如此豐盛的年貨，一家人在一起，卻充滿了人間的天倫之樂，誰能想到，現在會變成這個樣子，好端端的一家人，只剩下孤獨一人。

李紅棠打開了家門。

她把父親李慈林拿回來的年貨都扔在了門外的街上。

滿街的紅燈籠在李紅棠眼睛裡變成了一個個血淋淋的人頭。

她使勁地揉了揉眼睛，定睛再看，每家每戶門楣上的確掛著血淋淋的人頭。

自家的門楣上也掛著一顆血淋淋的人頭。

李紅棠瘋狂地操起一根扁擔，把門楣上的紅燈籠挑落，然後使勁地關上了家門。

這個大年三十的晚上，李紅棠只是熬了一鍋稀飯，什麼菜也沒有炒。她一碗碗地吃著稀粥，直到肚子撐得圓鼓鼓的，喉頭要湧出米漿，才把碗放下。她默默地坐在飯桌前，目光癡呆。唱戲的聲音在唐鎮的夜色中響起之後，李紅棠聽到了敲門聲。

敲門聲很輕，卻那麼清晰。

敲門聲把她從癡迷中喚醒。

敲門的人是誰？一定不是父親，他不會敲門，只會砸門！難道是母親？母親如果在這個晚上悄然回歸，那她會幸福得死掉！難道是冬子，他偷偷跑出來了？她知道冬子的心裡放不下自己，可不希望他回來，只希望他能夠平平安安，不要有任何危險……敲門的人到底是誰？

李紅棠走到了門邊。她輕聲問道：「誰在敲門？」

傳來陌生的聲音，「紅棠，是我。」

她又輕聲問：「你是誰？」

陌生的聲音，「我是唐鎮的活神仙。」

李紅棠打開了門，低頭看到了變得讓她不敢相認的上官文慶。

李紅棠驚詫極了，「你怎麼會變成這樣？」

上官文慶說：「你都可以變，我怎麼不能。」

李紅棠說：「進來吧，外面冷。」

上官文慶進了屋，李紅棠關上門。

李紅棠說：「我讓你不要再來找我，你怎麼又來了，你不怕我生氣把你扔出去？」

上官文慶說：「我不怕，我都快要死的人了，還有什麼可怕的。」

李紅棠說：「呸！大過年的，不要說不吉利的話！」

上官文慶說：「過年不過年又怎麼樣呢，我已經不在乎。」

李紅棠說：「你媽能讓你出來？」

上官文慶說：「他們都在看戲。」

他們坐在飯桌前，在飄搖的油燈下，相互審視著對方。他們什麼話也沒說，什麼也不用說，就這樣默默地對視。李紅棠想伸出手去握他孩童般的手，可沒有這樣做。

上官文慶感覺自己是這個世上最幸福的人，哪怕是蛻一萬次皮，經歷一萬次痛苦的煎熬，只要能夠在這樣的夜晚和自己心愛的人在一起，也是值得的。也許他經歷那些常人不可想像的痛苦折磨，就是上天在考驗他，而李紅棠是上天在他飽經劫難之後最好的禮物。

能夠和李紅棠在一起，哪怕是一瞬間，也像是過了一生。

李紅棠感覺到了溫暖，一個男人，唐鎮最醜陋最渺小的男人給予自己的溫暖，這種溫暖是安慰，也是愛，最眞切的刻骨銘心的愛。

戲散場後，阿寶一個人還坐在台前的矮板凳上，久久不願意離開。

他清楚地看到，趙紅燕在和戲班的人一起被團練們簇擁著走進李家大宅前，哀怨地朝他瞟了一眼。

那一眼讓阿寶的靈魂出了竅，今夜她剛剛在舞台亮相時，阿寶就發現了她眼中的哀怨，雖然她扮的是英姿颯爽的花木蘭，可在他的心裡，她和自己一樣憂傷。

阿寶在她走的時候，發現從她的袖子裡飄落了一片白雲，他撿起了那片雲，那是一塊白色的羅帕，羅帕上畫著個女子的頭像，畫中人就是趙紅燕。

羅帕上存留著一股淡淡的香味，好像是茉莉花的香味。他趕緊把那塊羅帕藏進了口袋裡。

阿寶一個人坐在空坪上，冷風鼓盪，一顆少年的心，沉浸在無邊無際的感傷之中。

紅燈籠烘托下喜慶而溫暖的唐鎮之夜，被阿寶的憂傷拖得無限漫長。

夜深了，張燈結綵的李家大宅沉寂下來。

明天是登基的日子，李公公早早地進入了臥房。

李家大宅戒備森嚴，所有團練都沒有回家過年。

冬子吃完年夜飯後就回到自己的臥房去了，除了思念母親和姐姐，他還想去探索那神祕的地洞。白天裡，他往那地洞走了很長時間，也沒有走到頭，後來害怕了，就返了回來，地洞通向何處，是個謎。

冬子彷彿膽子越來越大，好奇心也越來越強。冬子甚至希望那個冰冷的呼喚聲再次出現、再次見到那個黑影，也許黑影會帶他去找到更多隱祕的東西，就像看到鼓樂院戲台上的那一幕，或者他會告訴冬子，那個被蒙面人吊死的人到底是誰，究竟是不是在中秋夜裡被蒙面人抬出唐鎮，是不是冬子在野草灘發現的那隻腐爛的腳掌的主人？可是，這個黑影自從那個晚上之後，就一直沒有出現。難道他眞的是鬼魂？眞的被王巫婆驅趕出了李家大宅？

冬子突然想，李公公現在在幹什麼？他不會已經進入夢鄉了吧，這一天裡，他顯得異常激動。是呀，天亮後，他就是唐鎮眞正的皇帝了，吃年夜飯時，冬子可以感覺到他的心情，每每夾菜的時候，手都微微發抖。

冬子想到了那個密室。

他想了想，鑽進了床底下。

冬子看到了那密室門縫裡漏出的亮光，他斷定李公公一定在裡面。他心裡忐忑不安，卻又充滿了好奇。他摸近前，眼睛湊到門縫前，屏住了呼吸，他不能讓李公公發現自己，如果發現，後果也許不堪設想。

今夜，李公公沒有泣哭。

他穿著那身太監服，跪在那盛裝老女人的畫像底下，邊磕頭邊說：「老佛爺，奴才該死，奴才對不住您哇！」接著，李公公用巴掌抽打自己的臉，那聲音十分清脆。李公公收手後，又磕頭，磕完頭，面對著畫像陰森森地說：「老佛爺，奴才心裡也恨自己，怎麼做出如此大逆不道的事情來呢。可是奴才已經踏上了一條不歸路，想回頭也難了，奴才沒有辦法再服侍您了，等來生吧，來生奴才再好好服侍您！老佛爺，明天我就要舉行登基大典了，您若知道，一定會氣得吐血的！奴才不能讓您知道，您也永遠不會知道。不過，奴才知道您心裡最恨的是什麼，您恨洋鬼子，告訴您吧，奴才也恨，奴才和他們不共戴天！奴才抓住了一個洋鬼子，奴才不會放過他的，奴才要把他的肉剮下來，放到油鍋裡去炸，要把他的骨頭熬成湯……」

李公公站起，脫下了那身太監服。他穿上了黃色的龍袍。

李公公嘰嘰地笑出了聲，他的笑聲像老鼠的尖叫。

「沒想到哇，沒想到哇，老夫有生之年還能當上皇帝！唐鎮就踩在老夫的腳下，老夫想幹什麼就幹什麼！唐鎮所有的人，都是老夫的奴才！他們在老夫眼裡，都是閹人！爹，不孝子已經原諒你了，沒有你，也沒有我的今天哪！爹，我要給你建造一座陵墓，讓你的魂魄在此安息。我還要追封你爲太上皇，讓你也享受百姓的跪拜！你再也不用乞討爲生了，再也不用四處飄泊了，爹——」

李公公停止了說話。他側起耳朵，彷彿聽到了什麼細微的聲音。

冬子屏住了呼吸，一動不動。

李公公又發出了嘰嘰的笑聲。

他又用怪異的聲音說：「爹，你在和我說話，是不是？是的，我聽到你的聲音了，你在恨我母親吧？她不該在你落難之際，拋下我們父子，和別的男人私奔，不該呀！爹，女人都是賤貨，賤貨！」

李公公渾身顫抖，說話的聲音也顫抖著，「爹，你，你等著，等造你的陵墓時，我要挑幾個漂亮女人給你陪葬，讓你享受到生前沒有的快活！爹，你不也喜歡聽戲嗎，我還要讓戲子給你陪葬，讓你天天都可以聽戲……」

李公公的雙手不停地比畫著，表情十分可怖，冬子感覺他就是在剮自己的肉，熬自己的骨頭湯。冬子毛骨悚然，渾身瑟瑟發抖！李公公在他眼中，是一個比鬼還可怕的人，鬼是飄渺無形的，而李公公是個活著的魔，他是那麼實在地讓人恐懼，讓人戰慄。

第十五章

光緒三十年大年初一，噩夢眞正降臨唐鎭。

東邊的天際出現血紅的朝霞，早起的唐鎭人驚訝地看著血紅的朝霞漸漸地浸透了大半個天空。在他們心裡，這是祥瑞的氣象，今天是李公公登基的日子，也是唐鎭誕生第一個皇帝的日子。

李紅棠迎著血紅的霞光，走出了唐鎭。她沒有用藍花布包裹白髮，也沒有把臉蒙住，從她堅定和憂傷的眼神中已經看不到羞愧，別人投來複雜的目光已經影響不了她的情緒。她頭上的白髮編成了一條長長的辮子，自然地垂在後背上，皺巴巴的臉上沒有絲毫表情，手臂上挽著一個包袱。

誰都知道，她又踏上了尋找母親的艱難道路。

王海榮和另外一個團練去巡邏，還沒有走出興隆巷，就看到了李紅棠。李紅棠站在巷子口，目光往巷子裡眺望，她是想臨走時能看冬子一眼，可這個願望很難實現。

王海榮看到她的臉，心裡一陣噁心，慌亂地扭過了頭，要是往常，他的目光會蒼蠅般黏在她俏麗的臉上，恨不得撲上去咬上一口。不一會，李紅棠就走了，至於王海榮的痛苦表情，她根本就不屑一顧，連同李公公在唐鎮稱帝，她也不屑一顧。她選擇這一天重新去尋找母親，並不是逃避什麼，而是她認爲自己休息好了，體力也恢復了，應該上路了，在她心裡，沒有比尋找母親更重要的事情。

王海榮十分恐慌，還沒有回李慈林的話呢，他心裡異常明白，等忙完李公公登基的大事，李慈林還會找他。到時，他該如何回答李慈林？如果他眞的娶了李紅棠，也許會過上榮華富貴的日子，也許一生都會在噩夢中度日，李紅棠就是他的噩夢。

李紅棠走出了唐鎮洞開的城門，朝東邊的山路走去，把唐鎮拋在了身後，血紅的霞光包裹住了她。

太陽從東邊的山坳露出了頭，唐鎮開始了這非常日子的喧鬧。唐鎮人看到一面杏黃旗從李家大宅門口的盤龍石旗杆上升起來，杏黃旗上寫著兩個遒勁有力的大字：「順德」。頓時，李家大宅裡面鼓樂齊鳴，鞭炮聲不絕於耳。唐鎮人紛紛跑出了家門，朝李家大宅門口的空坪上湧去。

幾聲土銃的轟響過之後，李家大宅的大門被打開了。

從李家大宅裡面走出了慶典的隊伍。

走在最前面的是大鼓奏樂的人，唐鎮人都知道，這些都是戲班的樂手，他們面無表情，賣力地吹打。

鼓樂隊後面跟著十幾個舉著杏黃旗的人。他們腰上掛著刀，都是些團練。

旗隊後面是一個有著華蓋的八抬大轎，上面坐著身穿黃色龍袍的李公公，他的臉上掛著詭祕又威嚴的笑意。李慈林和李騷牯面色嚴峻地挎著刀伴在八抬大轎的左右側。

八抬大轎後面是個四抬大轎，轎上坐著惶恐的冬子。他無論如何也快樂不起來，這種莫名其妙的事情降臨在他的頭上，無趣極了，他極度的不自由，沒有一點安全感。

四抬大轎後面，是盛裝的朱銀山等一干族長和唐鎮的仕紳，還有唐鎮周邊各個鄉村的頭面人物，他們的臉上喜氣洋洋，像是撿到了寶貝一樣。

在這些人的後面，就是手持十八般兵器的團練隊伍。

慶典的隊伍走出興隆巷，來到了鎮街上，然後朝鎮東頭的土地廟魚貫而去。唐鎮的男女老少嘻嘻哈哈地跟在後面，他們非但是看熱鬧，也是慶典隊伍的一部分，李公公要在李家大宅門口的空坪上擺上幾十桌，請全鎮的人吃流水席，從中午吃到晚上，邊吃還要邊唱大戲。

李公公率眾在土地廟裡拜祭完土地神，慶典的隊伍又原路返回，緩緩地穿過小街朝西門走去，到唐鎮外的田野上巡遊一圈，李公公是在巡視他的國土。一路上，不斷有人加入慶典的隊伍，喧鬧聲越來越厲害。

阿寶聽到喧鬧聲，走出了家門，父親張發強和母親早就出去看熱鬧了，他本來不想出去的，可他想到了好朋友冬子，希望能夠見到冬子。

阿寶眞的看到了冬子，拚命地揮著手喊著：「冬子，冬子——」

他的聲音很快地被唐鎮空前的喧囂淹沒，身體也被人潮推到了小街的邊角上。

冬子的目光在街邊的人群中尋找姐姐和阿寶的身影，沒有發現姐姐，卻看到了阿寶，便喊道：

「阿寶，阿寶——」

阿寶還在喊：「冬子，冬子——」

阿寶被人流淹沒，冬子心裡酸酸地難過。

這個時候，有一個人默默地坐在家裡，不停地嘆氣。

他就是李駝子。

李駝子沒有像其他人一樣感覺到興奮，心裡充滿了悲哀和恐懼。他十分清楚，唐鎮將要大難臨頭。他不知道自己會怎麼樣，能不能躲過即將來臨的大災大劫。

慶典的隊伍來到田野中央時，人們看到五公嶺上升騰起一團濃重的黑霧，那團黑霧升到半空中，突然變成了黑壓壓的一片死鬼鳥，死鬼鳥怪叫著朝人們的頭頂飛掠過來，頓時遮天蔽日。

有人發出了驚叫。

有人大聲地說：「是紅毛鬼在作怪了，殺死紅毛鬼，喝他的血，吃他的肉，唐鎮才能太平——」

還有人高聲呼喊：「順德皇帝萬歲，萬歲，萬萬歲——」

人們紛紛喊叫：「順德皇帝萬歲，萬歲，萬萬歲——」

喊叫聲猶如潮水一般，鋪天蓋地。

遮天蔽日的死鬼鳥怪叫著朝五公嶺方向湧回去。

當太陽光重新照射在人們臉上時，大家才鬆了一口氣，可是，那些不祥的死鬼鳥還是在唐鎮人心裡留下了陰影，他們從來沒有見過如此之多的死鬼鳥，而死鬼鳥要是出現在誰家的屋頂，那誰家就要死人，這是報喪之鳥。李公公的心裡也極不舒服，難道遮天蔽日的死鬼鳥在他登基的這天出現，是在昭示著什麼嗎？

在田野裡巡視完後，慶典的隊伍返回了李家大宅。

慶典隊伍從李家大宅的大門魚貫而入，唐鎮百姓則被擋在了門外，他們也不敢進去，只是在外面候著，有的人則到各家各戶去搬桌凳，擺在空坪上，準備吃流水席。

人們還發現，在盤龍的石旗杆下支起了兩口大鍋，一口大鍋裡裝滿了菜油，另外一口大鍋上，裝滿了清水，鍋底下架好了木柴，只要點上火，木柴就會燃燒成熊熊的烈火。許多人在想，這兩口鍋是幹什麼用的呢？因爲宴席的廚房是在李家大宅裡，連小食店的胡喜來也被請進李家大宅去做菜了。

兩口大鍋一定會派上它的用場，人們拭目以待。

加冕儀式在李家大宅寶珠院的大廳裡進行著。

李公公坐在大廳正中的寶座上，目光炯炯地注視著正前方。

朱銀山和那些族長以及唐鎮的頭面人物列隊面向李公公站著，冬子站在他們的前面。

李慈林雙手捧著一頂鑲嵌著珠寶的黃色皇冠走到李公公面前，雙腿跪下，雙手獻上了皇冠。

李公公站起來，彎下本來就有點佝僂的腰，接過了皇冠，戴在了頭上。

這時，朱銀山跪下，高呼：「萬歲，萬歲，萬萬歲——」

眾人也跪下，高呼：「萬歲，萬歲，萬萬歲——」

冬子覺得這像是一場經過精心策劃好的鬧劇，他沒有跪下。

李公公向他投來凌厲陰森的目光。

朱銀山伸出手，拉了拉冬子的褲腳，輕聲說：「皇孫，快跪下——」

冬子還是無動於衷。

李慈林聽到了朱銀山的話，回過頭看了一眼，他趕緊掉轉頭，爬到了冬子的面前，立起上半身，把冬子按倒在地。冬子跪在那裡，愣愣地看著李公公，心想，難道皇帝就是像他這個樣子的嗎？大廳裡的氣氛異常肅殺，緊張又沉悶。

李公公這才說：「眾卿家平身！」

大家又山呼萬歲，一個個站起來。

李公公真正地當上了唐鎮的皇帝，定國號為「順德」，這一年也就是順德元年。李公公封朱銀山為文丞相，封李慈林為武丞相，其他幾個族長以及各個鄉村的首腦為王爺，李騷牯也成了掌管御林軍的將軍，御林軍的前身就是團練……

皆大歡喜。

鐵匠上官清秋回到家裡，朱月娘正在著急，因為上官文慶不見了，她找了一個上午都沒有找到。

她對興高采烈的丈夫說：「你得意什麼呀，文慶又不見了！」

上官清秋說：「這兩天他的精神不錯，也許病快要好了，他這個人的品性你應該知道的，喜歡亂跑，跑累了總會回家的，你擔心什麼呢？」

朱月娘說：「話是這麼說，可我這心裡總是不安穩，好像他會發生什麼不好的事情。」

上官清秋笑了笑，從口袋裡掏出一張紅紙，在她面前晃了晃說：「你就放一百個心吧，文慶不會有事的！你看看，這是什麼？」

朱月娘嘆了口氣說：「他要有個三長兩短，我就不活了。我哪知道是什麼，是什麼又怎麼樣呢，也不會比兒子重要！」

上官清秋得意地說：「你曉得嗎，這是皇上差人給我下的請帖，要請我們到皇宮裡去吃酒宴，你想想，我一個打鐵的，能被請到皇宮裡去吃酒宴，皇上給了多大的面子呀，一般的人都只能在皇宮外面的空坪裡吃，你說我的面子大不大？」

朱月娘根本就不在乎他在說什麼，只是不停地嘆氣，「唉，文慶，你會到哪裡去呢？你可不要嚇我呀，我的心都爛了！」

上官清秋十分掃興，罵了聲，「不識抬舉的東西！」

鄭士林老郎中的中藥鋪沒有開門，他和兒子鄭朝中在家裡面對面地坐著。

鄭士林臉色陰沉，長吁短嘆，「唉，到底去好呢，還是不去好？」

原來，他們也接到了李公公送來的請帖，要他們一家到李家大宅裡去吃酒宴。

鄭朝中說：「我看還是去吧，看得出來那個太監心狠手辣，要是不去的話，這不是表明我們和他作對嗎？現在全鎮人的心都被他收買了，還有李慈林和他的團練幫他看家護院，如果得罪他了，還不曉得會弄出什麼事情來呢。」

鄭士林嘆了口氣說：「你說的話不是沒有道理，可是，多一事不如少一事，他這個皇帝不曉得能當多久，要是被官府知道了，那是要誅九族的，說不定唐鎮人都毀在他手上了，他一個太監死就死了，唐鎮那麼多人可不能給他陪葬哪！最起碼，我們一家人不能做他的殉葬品！如果我們去吃了他的酒宴，那不證明我們和他同流合污嗎，到時逃脫不了干係的！」

鄭朝中說：「左也不是，右也不是，這可如何是好哪！」

鄭士林說：「還是要好好想想，想清楚了再做決定！」

鄭朝中說：「我們什麼都想過了，還能怎麼想？我是懶得想了，我覺得還是得去，眼前的事情都顧不了，還顧得了什麼將來的事情。爹，你拿主意吧！反正我聽你的。」

鄭士林盯著兒子，「你眞的決定去？」

鄭朝中點了點頭。

李時淮也接到了請帖，要他赴李家大宅的酒宴。他驚惶萬狀。想起近來李慈林飛揚跋扈的樣子，他就膽寒，總覺得有把鋼刀架在脖子上，架在一家老小的脖子上。爲了討好李公公，也爲討好李慈林，他已經送了很多銀子出去了，就是這樣，也沒有博得李公公的歡心，李慈林還是用仇恨的目光對待他。

對李時淮而言，這無疑是一場鴻門宴。

沈豬嫲興匆匆地走進了臥房，使勁地推了推死豬般在床上沉睡的余狗子，「死賭鬼，還不快起床，去得晚了就沒有地方坐了，很多人都去等著吃酒宴了！聽人說呀，去晚了就要等下一撥了，第一撥的菜是最好的，以後就越來越一般了！死賭鬼，你聽到沒有呀！還不快起來！」

大年三十晚上還去賭博的余狗子被老婆吵醒，十分不耐煩，「死開，死開！吃什麼鬼酒宴哪，老子沒有興趣，要吃你帶孩子們去吃，老子睏覺要緊！餓死鬼投胎的呀，成天就曉得吃，吃死你這個爛狗嫲！」

沈豬嫲聽了他的話，臉色變了，壓低聲音說：「死賭鬼，隔牆有耳呀！你說皇上的酒宴是鬼酒宴，小心被人聽見，傳到皇上耳裡，割你的舌頭！還有呀，皇上讓大家去吃酒宴，就你一個人不去的話，不是故意要和他作對嗎？你看皇上手下的那些人，如狼似虎的，你惹得起嗎？你要是識相，就趕快起來，早點去，還能占個座，多吃點好東西，靠你呀，我們一家子得吃屎！」

余狗子這才清醒過來，馬上坐起來，「好，好，我馬上起床！」

沈豬嫲用手指戳了他的額頭一下，「這還差不多，你沒有看到呀，皇上坐在八抬大轎上，神氣得很哪！就連李騷牯那個下三濫的東西，也變得人模狗樣的！唉，你就曉得賭，你什麼時候要像李騷牯那樣神氣，我們就有好日子過啦！」

余狗子慌忙穿著衣服，一聲不吭，不知道爲什麼沈豬嫲最近老是在自己面前提李騷牯。

中午時分，烏雲從四面八方圍攏過來，把天空搗得嚴嚴實實，唐鎭頓時變得十分晦暗。唐鎭四周的樹上以及城牆的竹尖上，站滿了黑烏烏的死鬼鳥，死鬼鳥的叫聲尖銳又淒慘，和唐鎭人的喧囂形成了鮮明的對比。

李慈林聽到了死鬼鳥的叫聲，便吩咐李騷牯，「今天怎麼會有這麼多死鬼鳥呢？奇怪了！你帶幾個人，去驅趕死鬼鳥，否則皇上面子掛不住。」

李騷牯說：「那麼多死鬼鳥，怎麼趕得過來！」

李慈林厲聲說：「讓你去就去，怎麼趕是你的事情，你以爲將軍是那麼好當的！」

李騷牯想了想，就帶著幾個人，扛了幾把土銃，走出了李家大宅，他看到大門口的空坪上擺滿了桌凳，上面坐滿了吵吵嚷嚷的人。李騷牯知道，酒宴分三個層次安排人員坐席，第一個層次是在寶珠院的大廳裡，那些封王的人和頭面人物在一起，李公公親自和他們一起共進午餐。第二層次是唐鎭的一些中層階級，在大和院的院子裡就餐，這些人裡有鄭士林、上官清秋、李時淮、張發強等等。最後一個層次的人就是唐鎭的普通百姓，比如沈豬嫲這些人……因爲天冷，坐在空坪上的人在翹首盼望開席，有些人凍得發抖，臉上都起了雞皮疙瘩，有的孩童還流下了清鼻涕。

過了一會，唐鎭的四周響起了土銃的轟響。大群的死鬼鳥驚飛起來，可不一會又聚攏在一起，飛回到原處，怎麼也驅趕不走，這令李騷牯十分頭痛，他心裡在念叨著什麼。他想起了那些餓死在唐鎭的異鄉人，心裡不安又恐懼，那些鬼魂此時是不是在唐鎭陰霾的天空下遊蕩，或者就跟在他的身後，隨時都有可能朝他的脖子上吹一口冷風。

李騷牯還想，今天無論如何，他也不會親手去殺那個紅毛鬼，殺人並不痛快，相反，那是一件十分折磨人的事情。

負責上菜的人聽到了土銃的轟響後，就吩咐廚房出菜，他以爲那是開席的信號，因爲朱銀山交代過他，聽到銃響就上菜。

廚房裡的一干人早就等得不耐煩了，紛紛把盆盆碗碗的大魚大肉端了出來。寶珠院大廳裡的人們還在嘻嘻哈哈地相互交流著什麼，這些唐鎭的王公大臣們個個喜形於色。菜上來後，李公公皺了皺眉頭，朱銀山趕緊過去，跪在他腳下，「皇上息怒，皇上息怒！」

李公公哼了一聲，「既然這樣，那就讓大家入席開宴吧！」

朱銀山站起來，大聲說：「大家入席，準備開宴！」

他又走到李慈林面前，「怎麼搞的，李騷牯呢？我沒有吩咐開宴，銃怎麼就響了？」

李慈林哦了一聲，馬上走出寶珠院，對一個兵丁說：「快去叫李將軍回來，鳴銃開宴。」

兵丁像離弦的箭般射出了李家大宅。

寶珠院大廳裡的人規矩地等候著，在沒有鳴開宴炮之前，不敢舉杯動筷。可大和院和大門外空坪上的人就不管那麼多了，菜一上來就稀里嘩啦地搶吃起來，

有人邊嚼著大塊的肥肉，邊大聲說：「都開席了，戲怎麼還不開始唱呀！」

很多人附和道：「是呀，戲怎麼還不開唱。」

他們的目光都落在空坪邊上臨時搭建的戲台上，那個叫趙紅燕的戲子還沒有登台呢。

等李騷牯帶著那些人回到李家大宅，大和院和門外的空坪上已經亂成一團了。

土銃轟了十二響，戲台那邊也響起了鼓樂聲，趙紅燕走上了戲台，一亮相，就博得了全場的歡呼，她今天唱的第一齣戲是《貴妃醉酒》。

除了那些負責守城門和警戒的兵丁，唐鎮只有四個人沒有參加李公公的登基酒宴。

一個是李紅棠，她一早就踏上了尋找母親的道路，就是在家，也不會來湊這個熱鬧。

一個是李駝子，他獨自在家，溫了一壺糯米酒，悲涼地自斟自酌。

一個是上官文慶，他不曉得跑到哪裡去了。

還有一個是朱月娘，她在唐鎮四處尋找兒子，連尿屎巷每個茅房的任何一個角落都不放過，她想過，上官文慶會不會在茅房裡屙屎時突然發病，掉到屎坑裡去。找不到兒子，就是山珍海味放在她面前，她也不會瞄上一眼！上官文慶是她的心肝，是她的寶貝，是她的命！

午時三刻，李公公朝李慈林使了個眼色。

李慈林點了點頭，走出了寶珠院大廳。

正在大和院吃飯的王巫婆突然渾身哆嗦，口吐白沫，倒在地上，兩手亂抓，雙腿亂蹬，不停地抽搐，口裡說著誰也聽不懂的胡話。大和院吃飯的人紛紛站起來，用驚懼的目光注視著王巫婆。

李慈林走過來，對大家說：「莫慌，莫慌，王仙姑可能是神仙附體了。」

鄭朝中和父親鄭士林面面相覷，他們心裡都十分清楚，李慈林和王巫婆又要搞什麼陰謀詭計了。不過，他們不敢把心裡想的說出來，借一百個膽給他們，他們也不敢說。

李時淮恐懼地坐在那裡，提心吊膽。

王巫婆突然鎮靜下來，從地上爬起來，怔怔地站了一會，然後用很奇怪的腔調說：「我是土地娘娘——」

土地娘娘附在王巫婆身上了。

大家一聽，趕緊跪下。

只有鄭士林父子沒有跪，王巫婆手指著他們厲聲說：「你們爲何不跪？」

他們無奈，只好跪下。

王巫婆接著說：「紅毛惡鬼入鎮，必誅！食其肉，喝其湯，方能保太平，否則災禍橫行，雞犬不寧——」

王巫婆說完就直通通地倒在地上，不省人事。

好大一會，她才悠悠醒來，站起身，對著大家疑惑地說：「我這是怎麼啦，這是怎麼啦？」

李慈林說：「王仙姑，剛才土地娘娘附你身上了。」

王巫婆說：「有這事？」

李慈林詭異地笑了笑，「眞的，大家都看在眼裡的！」

接著，李慈林的目光落在了戰戰兢兢的李時淮的臉上，「你說，對不對？」

李時淮面如土色，慌亂地說：「是的，是的！」

王巫婆吃驚地啊了一聲。

李家大宅門口盤龍石旗杆下的那兩口大鍋底下的松木乾柴點燃了，熊熊烈火沖向鍋底。人們看著戲，喝酒吃肉，興奮得大聲說話，卻不知道那兩口鍋派什麼用場。

李慈林出現在門前的台階上，環顧了一圈，目光投向對面戲台上的趙紅燕。他伸出舌頭在厚厚的嘴唇上舔了舔，臉上露出了邪惡的笑容。

他突然大吼一聲，「大家靜一靜！」

他的吼聲很快就起了作用，全場頓時寂靜下來，連戲班的鼓樂也停了下來，趙紅燕也停止了表演，愣愣地站在戲台上，目光淒迷又驚懼。

李慈林又大吼一聲，「把紅毛鬼帶上來！」

這時，有人在底下小聲地說著話。

幾個兵丁把折磨得奄奄一息的約翰拖了出來。

一片譁然。

幾個兵丁七手八腳地把約翰綁在了旗杆上。

李慈林大聲說：「剛才土地娘娘顯靈了，要我們誅滅這個紅毛惡鬼，要吃他的肉，喝他的湯，這樣才能消滅他的鬼魂，讓他永不超生，不再出來害人！」

約翰耷拉著腦袋，大家看不清他的臉，不知道此時的他臉上會呈現什麼表情。約翰已經說不出任何語言，喉嚨裡只能發出暗啞的呻吟。

約翰聽清了李慈林的話，期待著天主把他從死亡中解救出來，心裡在說：「只有仁慈的天主能爲我們克服痛苦的壓迫和死亡的殘忍。我們的死亡，不是天主的本意。天主不高興我死。按照天主的意願，我們是應當活著的！耶穌願意把安全、快樂贈送給我們，把我們從人世的沉淪中解救出來。耶穌是讓我們得到救贖，得到幸福的門。因爲天主預定了我們，並不是讓我們受他泄怒的審判，而是讓我們藉著我們的主耶穌基督，獲得救贖和幸福。但是，天主——也只有天主——能把我們從死亡中救出來！只有天主能爲我們克服人生的重載……」

李慈林看著那兩口鍋裡的油和水漸漸沸騰，發出咕咕的聲響，翻滾起來。他從一個兵丁手中接過一把雪亮的匕首，走到了約翰的面前。他的臉上一直掛著邪惡的笑容，眼神冷酷堅定，心已經變成了堅硬冰冷的鐵！

李慈林野蠻地用匕首在約翰的衣服上一陣亂劃。

約翰的衣服變成一塊塊碎布，從身上飄落，肉體裸露在光天化日之下，呈現出青紫的顏色。

鴉雀無聲。

人們的眼睛裡充滿了恐懼，有些人還不停地哆嗦。

李慈林用刀剝光了約翰身上的衣服後，面對著群眾，大聲說：「大家說，我們該如何對待這個紅毛惡鬼？如果放過他，我們大家都沒有好處，要不是王仙姑藉著土地娘娘的神威捉住他，我們當中有些人早就被這個紅毛惡鬼害死了！大家說，怎麼對待他？」

大家面面相覷，不知說什麼好。

在他們眼裡，約翰無論如何也還是個人，儘管他長相十分怪異，和唐鎮人不一樣，殺人畢竟是殘忍的事情，和殺一頭豬或者一條狗有本質的不同。而且，在李公公登基的這個大好日子，殺一個人，是不是太不吉利。

人們集體沉默。

死鬼鳥的叫聲在唐鎮的四周響起，死鬼鳥似乎聞到了死亡的味道。

李慈林冷酷的目光掠過一張張驚恐的臉，落在了沈豬嫲的臉上。沈豬嫲的嘴巴裡還含著什麼東西。她的目光和李慈林的目光碰在了一起，渾身打了個激靈，像是中邪了一般。她努力地吞下了嘴巴裡的東西，突然舉起一隻手，大聲呼叫：「剮了他，剮了他，爲了我們的安全，剮了他——」

沈豬嫲的話有一種魔力，調動了人們的情緒，蠱惑了麻木不仁的唐鎮人。

一剎那間，人群中爆發出潮水般的喊叫：「剮了他，剮了他——」

盲從和愚昧無知是那灰暗年代普通唐鎮人最重要的特徵，大多數人沒有自己的思想，只是行屍走肉。

一群可憐的人。

李慈林轉過身，在約翰的胸膛上劃了一刀，暗紅的血流了出來。約翰掙扎著抬起頭，張大嘴巴，什麼也說不出來，眼神幽深又無辜。

那是一種什麼樣的眼神！

人們又寂靜下來，呆呆地看著那個垂死掙扎的人。

李慈林輕輕地對他說：「你不要怪我，要怪怪皇上，是他要我這樣做的，君要臣死，臣不得不死，我不可能違抗他的旨意，你就多多包涵了！」

說著，他從約翰的胸脯上割下一小塊肉，轉身扔進了油鍋裡。

對面戲台上呆立的趙紅燕看到這一幕，頓時花容失色，歪歪斜斜地倒了下去。此時沒有人關注嚇暈的趙紅燕，所有人的目光都集中在李慈林和約翰的身上。

李慈林不停地把從約翰身上割下來的肉扔進油鍋裡。

每被割掉一塊肉，約翰都會把頭抬起來一下，彷彿是要讓唐鎮人記住他各種各樣的痛苦表情。不久，他的頭就抬不起來了，只是「呼哧」「呼哧」地沉重喘息。殘破的身體不停地抽搐，汗水如雨，從頭上淌下，和身上的血水混雜在一起，流到地上。

兩個兵丁面無表情地站在油鍋的旁邊，一個手中端著笸籮，另外一個拿著長長的竹筷子，不時地從油鍋裡夾起炸得焦黃的人肉，放進笸籮裡。

有個人意識到了什麼，趕快用手去捂住孩子的眼睛，沒有想到，孩子使勁地推開了他的手，目不轉睛地盯著那殘忍的場景，孩子的眼睛彷彿被約翰的血映得通紅。那人禁不住心驚肉跳，偷偷地看了看其他人的眼睛，發現他們的眼睛也變得血紅，他看不見自己的眼睛，是否和他們一樣。

這時，一個滿臉鐵青的漢子突然大聲說：「李丞相，讓我來吧，你的手藝不行，你看我的！」

他朝李慈林走去。

李慈林回過頭看了他一眼，發現是唐鎮的屠戶劉五，人們都叫他老五子。他沒料到老五子會主動地上來，幫他剮人肉，本來他想讓手下幹的，但是怕他們像在五公嶺殺人那樣不敢動手影響了局面，就自己動手了。動手時，他已經忘記了自己武丞相的身分，覺得自己就是個劊子手。

老五子走到他跟前，李慈林聞到了一股濃郁的酒氣，濃郁的酒氣和血腥味混雜在一起，形成了一種奇怪的味道。

老五子從他手中接過匕首，說：「這樣的事情怎麼能讓你這個大丞相親手做呢，你早叫我不就行了，幹這樣的活我輕車熟路，和殺豬沒有什麼兩樣。」

李慈林笑了笑，「那就你來吧！」

老五子不愧是個屠戶，幹起這事情來果然乾淨利索，一塊塊人肉如雨般飛進翻滾的油鍋。油鍋裡發出讓人頭皮發麻的「吱吱」聲，不時地冒出淡青色的輕煙。

油鍋裡飄出一種奇怪的肉香。

這種肉香越來越濃烈。

有人開始反胃，可他們強忍住，不讓自己吐出來。

約翰昏死過去，前胸血肉模糊，肋骨一根根地呈現在人們眼中。

老五子的身上濺滿了約翰的血。

王海榮站在那裡，彷彿要窒息，如果李慈林要讓他上前去剮約翰的肉，他會嚇得尿褲子昏倒過去，因此，他對李慈林更加害怕了。王海榮想，如果自己不答應娶李紅棠，李慈林會不會把自己活剮了，他可是個什麼事情都幹得出來的人！

就在這時，李騷牯走到了他跟前。

李騷牯把嘴巴湊在他的耳朵邊，輕聲地說：「感覺怎麼樣？害怕了吧？我看你是不識抬舉！那麼好的事情你竟然還要考慮什麼？我要是像你現在這樣，巴不得趕快娶了紅棠呢！看在你是我小舅子的分上，奉勸你一句，你就答應了李慈林吧，否則……到時候發生什麼事情，你可不要怪我沒有提醒過你，李慈林要對你怎麼樣，我可是幫不上什麼忙的！」

王海榮頓時面如土色！他的一泡尿差點撒在褲襠裡。

李時淮的一泡尿也差點撒在了褲襠裡，他感覺下一個被李慈林活剮的人就是他，他爲幾十年前的那件事情懺悔，腸子都悔青了，可現在後悔又有什麼用！如果有來生，他希望自己做一個善良的與世無爭的人。

冬子知道門外在殺人，可他不知道父親親自操刀剮人。他就坐在李公公的旁邊，和他們一桌的人，除了朱銀山，其他都是被李公公封王的人。這些人不停地奉承李公公，也不時地拍冬子的馬屁。

冬子一言不發，什麼也不想吃，什麼也不想喝，覺得自己是個被綁架的人。他眞的希望自己變成一隻鳥兒，飛出牢籠般的被他們稱爲皇宮的李家大宅，他還幻想著，舅舅游秤砣騎著白色的紙馬從天而降，把他帶離這個充滿陰謀和血腥的鬼地方。他不要這樣的榮華富貴，他需要回到從前清貧的生活，那一碗稀粥都可以吃出甜味的生活，他想念著母親、姐姐，還有舅舅一家，當然，還有他最好的朋友阿寶。

冬子想，阿寶一定也來參加酒宴了吧，可不知道他坐在哪裡，想去找他，卻無法脫身。冬子只要挪動一下身子，李公公殭屍般冰冷的手就會死死地抓住他！

李慈林端了一盤熱氣騰騰的東西上來，好像油炸的肉，是什麼肉，冬子不清楚。他沒有想到這是約翰的肉，有些肉上，還有被炸焦了的毛。冬子聞到炸人肉的香味，胃部就一陣翻江倒海。

李慈林把那盤東西放在了桌子上後，就出去了。

李公公的眼中掠過一絲可怕光芒，拿起了筷子，陰森森地說：「各位請動筷，嘗嘗這新鮮的油炸鬼！」

桌上的人，除了冬子之外，誰都知道這是油炸人肉。

他們表情各異。

朱銀山怪怪地笑了笑：「皇上，您先品嘗，皇上不動，我們豈敢動筷。」

李公公冷冷地笑了笑，咬了咬牙說：「好，朕先品嘗，看看這油炸鬼的味道到底如何！」

李公公夾起一塊油炸人肉，放在眼前看了看，塞進嘴巴裡。他慢慢地咀嚼了一會，然後吞嚥下去。

李公公若無其事地笑了笑：「不錯嘛，這油炸鬼不錯！你們吃呀，吃呀！」

他在咀嚼油炸人肉時，有些人額頭上冒出了冷汗。

李公公的話一出，他們手中的筷子一齊伸向了盤子。

他們把油炸人肉放進了嘴巴裡，每個人的神情都異常古怪，臉上保持著笑容，讒媚地看著李公公。

李公公冷冷地微笑著，鷹隼般的目光審視著他們。

朱銀山最先吞下油炸人肉，說：「好吃，真的好吃！」

李公公看盤子裡還有兩塊油炸人肉，夾起了一塊，放在冬子的碗裡：「孫兒，你也嘗嘗吧，吃了這塊油炸鬼，你就和朕一條心了！」

接著，李公公看了看朱銀山：「你覺得好吃，把剩下的那塊也吃了吧！」

朱銀山說：「這——」

李公公說：「吃吧，你就不要推讓了。」

在座的人都說：「朱丞相，你就吃了吧！」

朱銀山雖然面露難色，還是夾起了那塊油炸人肉：「謝皇上厚愛！」

冬子趁他們不注意，偷偷地抓起碗裡的那塊油炸人肉，塞進了褲袋裡，他的內心強烈地拒絕吃這種東西。

李公公見朱銀山嚥下那塊油炸人肉後，回過頭來對冬子說：「孫兒，你也吃吧！」

冬子說：「皇爺爺，我吃完了！」

李公公笑著說：「味道如何？」

冬子說：「好極了！」

李公公伸出冰冷的手摸了摸冬子的脖子，說：「眞是朕的好孫子！」

不一會，李慈林又端了一盆散發出奇怪味道的湯上來，放在桌子上，二話不說就走了出去。湯是清湯，冒著熱氣，上面飄著一層油花。

他們都用手帕抹額頭。

除了李公公和冬子，他們的額頭上都滲出了冷汗。

李公公伸手給自己舀了一小碗湯，放在嘴邊吹了吹，一小口一小口地喝了起來。他喝完後，對大家陰笑著說：「這湯也不錯，你們趁熱喝了吧，涼了就發腥，不好喝了！」

於是，每個人往自己碗裡盛上了湯。

他們低著頭喝湯時，李公公給冬子舀上了一碗湯：「孫兒，你也喝吧，喝完這碗湯，你以後就什麼也不怕了！」

冬子的胃部翻騰著，反應十分強烈，他用顫抖的手端起了那碗湯，快要送到嘴邊時，那碗突然從他手中脫落，掉在地上，碎了，熱湯灑了一地。

李公公的臉色變了。

朱銀山馬上打圓場：「好哇，好哇，這碗打得好呀，以後就歲歲平安了哇，好兆頭，好兆頭——」

大家也附和著說：「好兆頭，好兆頭——」

大門口旗杆上的約翰已經不見了，只剩下地上一攤暗紅的血以及那根髒污的捆綁約翰的繩子。兩口大鐵鍋裡的油和水還在翻滾，只不過油鍋裡已經沒有了人肉，那翻滾的湯鍋裡，可以看到約翰的頭顱和骨頭……陰風四起，空坪上的人們都沉默著。

兩口大鍋裡還在發出咕嚕咕嚕的聲音。

唐鎮四周死鬼鳥還在淒涼地哀叫。

兩個兵丁，一個端著裝滿油炸人肉的笸籮，一個提著盛滿人骨湯的木桶，在李慈林和李騷牯的帶領下，挨桌去送那兩樣東西。每到一張桌前，他們就每人分一塊油炸人肉，每人舀一碗人骨湯，看著桌上的人吃喝乾淨後，他們才會走到另外一張桌前……所有的人臉上都沒有表情，中邪了一般，木然地吃著肉、喝著湯。

天空中烏雲翻滾，狂風四起，飄起了鵝毛大雪。

所有的人在狂風大雪中瑟瑟發抖。

這個夜晚，唐鎮到處都有人在嘔吐，不過人們嘔吐的聲音被狂風的怒號吞沒了。每家每戶門楣上的紅燈籠全被狂風颳得稀巴爛，有的落在地上，又被旋風捲起，不知道飄到哪裡去了。唐鎭沉入一片萬劫不復的黑暗之中，誰也不敢在夜裡打開門，生怕在黑暗中被狂風捲走。就連那些皇家的兵丁，都不敢出門巡邏，龜縮在屋子裡，睜著驚恐的雙眼。李家大宅失去了白晝間的熱鬧，變得死氣沉沉，偶爾會從浣花院飄出女人淒涼的哭聲，那哭聲很快就被濃重的夜色吞沒。

李慈林也許是唐鎭最瘋狂的一個人。

晚上，李慈林和李騷牯等幾個心腹喝酒，告誡他們都不要喝多了，要搞好李家大宅的警戒，自己卻拚命地喝酒，一口氣喝了好幾罈糯米酒。

李騷牯十分吃驚，從來沒有見他喝過那麼多的酒，也沒有見他如此瘋狂地喝酒。

李騷牯勸不住他，只好隨他喝去。

喝完酒，李慈林就搖搖晃晃地朝浣花院摸去。

李騷牯要攙扶他過去。他一把推開李騷牯，「你給老子滾！」

通向浣花院的甬道鋪滿了積雪，這天的雪顯得灰暗，沒有那種白瑩瑩的雪光。

李慈林一路上不停地摔倒在雪地上，又不停地爬起來，嘴裡嘟囔著什麼。

李騷牯悄悄地跟在後面，眼睛在黑暗中冒出怨恨的火焰。

李慈林打開了浣花院的圓形拱門，走了進去。

李騷牯走到那門前，伸手推了推，門緊緊的，推不開。他咬著牙，心裡說：「李慈林，這個吃獨食的王八蛋，喝醉了還知道把門反鎖上！看來還眞是要好好提防他，這個連自己的大舅哥都可以下毒手的人，說不定哪天也會對我下手……」

李慈林摸到了浣花院一個房間的門口。他推了推門，推不開。

房間裡有女人的哭聲傳出來。

李慈林使勁地用拳頭砸了砸門，低聲吼道：「臭婊子，還不快給老子開門！」

女人的哭聲還在繼續，沒有人給李慈林開門。

李慈林火冒三丈，一腳把門踢開了。

趙紅燕坐在床上，淚流滿面，宛若梨花帶雨，她的手中拿著一個什麼東西，見李慈林衝進來，趕緊把手中的東西塞到了枕頭底下。

她這個動作被李慈林看在了眼裡，他走過去，從枕頭底下掏出了那個東西，那是一塊蝴蝶玉佩。

李慈林說：「你不要以爲老子喝醉了，什麼也看不清楚，不就是一塊玉佩嗎，你藏什麼？難道怕老子搶走！」

趙紅燕的身體往後縮著，李慈林讓她渾身發冷，他就是一個惡魔！

李慈林把那個蝴蝶玉佩扔還給她，冷笑道：「還給你，老子還眞看不上這東西！老子哪天高興了，打個金蝴蝶給你！」

趙紅燕渾身發抖，睜著驚恐的眼睛，「我不要你的金蝴蝶，什麼也不要，只求你放我們走，好不好？」

李慈林咬著牙說：「你們想走？嘿嘿，老子早就告訴你了，自從你們踏進唐鎮的那天起，就註定走不了了。你們要是走了，皇上怎麼辦，你可曉得，皇上平生最喜歡看戲了；你要走了，我又怎麼辦，明白告訴你吧，老子已經被你這隻騷狐狸給迷上了，過幾天，老子要稟報皇上，要他把你賜給老子，老子要娶你！」

趙紅燕手中緊緊地攥著那塊蝴蝶玉佩，哀傷到了極點。他們戲班進入唐鎮，就像是一群綿羊進入了虎穴，那是自投羅網。這是一個沒有王法的地方，李慈林他們是一群殺人不眨眼的惡魔！

趙紅燕什麼話也說不出來了。

李慈林看著悲戚的趙紅燕，獰笑著脫光了衣服，嘴巴裡說著含混不清的話語，瘋狂地朝她撲了過去。

趙紅燕就像是狂風暴雨中的花朵，被無情地摧殘！

她的手裡還是死死地攥著那個玉佩，木然地任憑李慈林的蹂躪。她的心中在呼喊著一個男人的名字，她希望他還活著，把她救出這個魔窟。她手中的玉佩就是那個男人送給她的定情之物，她曾經發過誓，人在玉佩在，這個玉佩是她在這個世界上唯一的安慰和幻想！她彷彿聽見那個男人說：「無論如何，你要活下去，哪怕是像畜生一樣，也要活下去！」

趙紅燕明白他話中的含義，就是要活下去爲他報仇！可是，憑她現在的力量，報仇談何容易！她已經快崩潰了，這樣活，還不如死了！死是那麼容易，可死了，也是白死！活下去，活下去，只要活著，總會有報仇的機會！

就在這時，一陣陰風把房間裡的油燈吹滅了。

李慈林聽到風中夾帶著淒厲的號叫。

李慈林怒吼一聲，從趙紅燕身上翻滾下來，摸到了桌上的刀，迅速地把鋼刀抽出了鞘，在黑暗中一陣亂砍亂劈，口裡吼叫道：「老子劈爛你的魂魄，讓你永世不得超生！你以爲老子這樣一個大活人就怕你這個死鬼嗎，你有種就過來哪……」

趙紅燕在床上悲戚地喊叫道：「林忠，你快走，不要管我，你鬥不過他的，林忠，你不要管我，趕快去投生吧——」

陰風悲號，有什麼東西竄出了房間，消失在茫茫的夜色之中。

房間裡沉寂下來。

李慈林手上的鋼刀哐噹一聲掉落在地上。

趙紅燕聽到了一聲沉重的嘆息。

冬子在這個落著黑雪的晚上，頭特別的昏，特別的沉。中午在酒宴上，他不知道父親把約翰剮了，那油炸鬼就是約翰的肉，還有那湯……下午時，他就知道了眞相，怎麼想都覺得噁心，找了個偏僻處，拚命嘔吐，苦膽水都吐出來了。

整個下午，冬子渾身都在顫抖，晚飯他也沒吃一口，看著李公公他們若無其事地吃吃喝喝，說一些莫名其妙的話，冬子很難想像他們吃了人肉如何還能如此坦然！入夜後，他沒有和那些人到鼓樂院去看戲，早早地躺在了床上。

冬子昏昏沉沉地睡去。不知道睡了多久，他迷惘地從床上爬了起來，走出了房間。

廳堂裡靜悄悄的，宮燈散發出的光芒像暗紅的迷霧。他在暗紅的迷霧中穿行，沒有人引導他，也聽不見任何聲音，哪怕是幻想中的呼喊。他什麼也沒想，像個傻子一般，朝鼓樂院走去。

那些手提著燈籠在李家大宅中巡邏的兵丁從他面前無聲無息地走過，竟然沒有發現他，彷彿他根本就不存在。

冬子走進了鼓樂院，鼓樂院裡也掛著許多宮燈，那些宮燈同樣散發出暗紅色的光芒，整個鼓樂院同樣彌漫著暗紅色的迷霧。鼓樂院那些房子裡住著的人如同死了一般，沒有任何聲響，甚至連鼾聲也沒有，那是戲班的男人，臉色蒼白沉默著的一群男人。他看不見他們，他們眞的像死掉了一樣。冬子站在戲台下，朝戲台上眺望，戲台上空無一人，也沒有蒙面人，更看不到上吊的清瘦男子。他們都在沉睡，在各種不同的地方沉睡。死亡也是沉睡的一種，只不過睡著後就永遠不會再醒來了，肉體也就腐敗了，變成了泥土。

冬子鬼使神差地走到了戲台的背後。他從來沒有來過這裡。

冬子發現了一扇鐵門，厚實的鐵門，彷彿可以聞到鐵門散發出來的鐵腥味，那也是鐵匠上官清秋身上散發出的氣味。每個人身上都有氣味，每個人身上的氣味都不一樣。比如父親李慈林，他身上充滿了血腥味。比如母親游四娣，她身上總是飄著一股奇異的奶香。比如姐姐李紅棠，身上有種芬芳，蘭花那樣沁人心脾的芬芳……冬子相信自己身上也有獨特的氣味，可他聞不到自己身上的氣味，也許每個人都無法聞到自己的味道，就像無法觸摸到自己的靈魂。

那扇沉重的鐵門突然打開了。門裡也散發出暗紅色的光芒。

冬子走了進去，鐵門在他的身後轟然關上。他不清楚還能不能出去，內心其實沒有一絲恐懼，只有好奇。

冬子看到長長的樓梯通向地下，也許是通向一個密室，李家大宅裡究竟有多少密室？李公公爲什麼要建造這麼多的密室？他沿著樓梯走了下去。在樓梯的盡頭，冬子果然看到了一個偌大的密室，密室裡也掛著好幾個宮燈，如果沒有這些宮燈，冬子會認爲自己進入了地獄，或者說地獄也是這個樣子的，陰冷，與世隔絕，還有很多刑器。

這個密室的中間，放著一個巨大的鐵籠子。

鐵籠子裡竟然關著一個赤身裸體、血肉模糊的人，根本就看不清他的面容，也分辨不出他是何人。他坐在那裡，目光如電，頭上罩著一圈奇妙的光環。

冬子走過去，雙手抓住冰冷的鐵籠子的欄杆。他對這個人說：「你爲什麼會被關在這裡？」

那人說不出話來，只是搖了搖頭。

冬子又說：「你冷嗎？痛嗎？」

那人又搖了搖頭。

冬子再說：「你到底是誰？告訴我，好嗎？」

那人還是搖了搖頭。

冬子十分迷惘。

這個陌生人根本就滿足不了他的好奇心。他注視著冬子，眼睛裡淌下了淚水，暗紅色的淚水，和血一樣，也可以說他的眼睛裡流下了血水。冬子無法理解他爲什麼要流淚，也無法理解他內心的憂傷和悲痛。陌生人突然朝他伸出手，他的手掌上放著一個銀色的十字架，十字架上面有個裸身的歪著頭雙手展開的人，其實，這個人本身就是個十字架。十字架串在一條銀色的鏈子上。

這個十字架讓冬子癡迷。他喃喃地說：「你想把這東西給我？」

陌生人點了點頭。

冬子伸出手，把銀色的十字架抓在了自己的手中。

他像被閃電擊中一般，渾身戰慄。

……

冬子睜開了眼睛。他發現自己就躺在寬大溫暖的眠床上，哪裡也沒有去，難道是做了個夢？不，不是夢！他發現自己的手上緊緊地攥著一樣東西，攤開手掌，赫然看見了那個銀色的十字架，十字架散發出迷人的光澤，他被吸引，深深地吸引，彷彿有種神祕的力量在驅散他心中的陰霾。

就在這時，他聽到了腳步聲。

他趕緊把銀色的十字架藏在了枕頭底下。

腳步聲在他房間門口停了下來，冬子的心提到了嗓子眼……

第十六章

冬子想喊，因爲李公公交代過他，有什麼事情就喊，喊他也可以，喊吳媽也可以。他突然不想喊了，因爲他壓根就不想見到李公公，也不喜歡那個吳媽，她成天板著一張冷冰冰的臉，鬼魂一般，有時會突然悄無聲息地站在冬子身後，嚇他半死。

冬子的心臟受到了壓迫，狂亂地跳動，雙手搗著胸口，企圖讓它平靜。如果房間門沒有悄然打開，也許他狂蹦亂跳的心臟就眞的平靜下來了。有人躡手躡腳地走進了房間，冬子屛住了呼吸，大氣不敢出一口，搗住胸部的手在顫抖。

進來的是誰？

冬子突然聞到了一股怪味，見不得陽光的腐朽酸臭的氣味。他對這種氣味異常敏感，他準確地判斷出，進來的人就是被他稱作「皇爺爺」的李公公。

李公公為什麼要在這個夜晚潛進他的房間？

冬子不想搭理李公公，趕緊閉上了雙眼，裝著熟睡的樣子，還裝模作樣地發出細微的鼾聲。冬子想，好在自己今晚沒有進入到地洞裡去探尋什麼祕密，要是被李公公發現，不知道會有什麼後果。

在李家大宅裡，什麼事情都有可能發生。

進來的果然是李公公，此時，他穿的不是龍袍，而是穿著白色的睡衣睡褲。他剛剛進來時，因為外面寒冷，白生生的臉上還起了雞皮疙瘩。房間裡暖烘烘的，很快地，他恢復了正常。

李公公走到床邊，藉著蠟燭的光亮，看清了冬子白裡透紅的臉。

李公公輕聲地叫喚：「孫兒，孫兒——」

冬子裝作沒有聽見他的叫喚，睡得很安穩的樣子。他本以為李公公見自己熟睡就會離開，沒有料到，李公公竟然爬上了床，鑽進了被窩。

李公公左手掌托住左腮，肘撐在床上，側著臉端詳著冬子白裡透紅的俊秀臉龐。冬子感覺到他的臉離自己很近，可以聽到他的呼吸聲，可不知道他的眼神是什麼樣的。李公公呼吸出來的氣息特別難聞，像是發餿的臭肉，冬子馬上聯想到他吃油炸人肉時的情景，就想嘔吐。他強忍著不讓自己吐出來，心裡希望李公公趕快離開。

李公公用右手輕輕地撫摸冬子的臉，冬子的臉上彷彿有冰涼的蛇滑過，那種冰涼一直滲透到他的心上。接著，李公公的食指指尖輕輕地劃著冬子紅潤的嘴唇，他覺得有螞蟻在嘴唇上爬，其癢無比。

冬子眞想一把推開他。

李公公口裡輕輕地說著什麼，有種奇怪的魔力控制住了冬子，他頓時渾身癱軟無力，想動也動不了，連反抗的情緒也被消解得乾乾淨淨。本來異常清醒的冬子漸漸地變得迷迷糊糊，彷彿眞的進入了睡眠狀態。

李公公脫光了他的衣褲，把嘴唇湊到了他的嘴唇上，親吻著冬子。

冬子無法動彈，任憑李公公的擺布。

老太監的雙手在少年細嫩飽滿的皮膚上遊動著，口裡喃喃地說著什麼，雙眼散發出狼般獸性四射的光芒。

老太監的呼吸沉重起來，他的手摸到了冬子的下身。李公公的身體突然抽搐了一下，雙手把玩著冬子鮮嫩的小雞雞，激動地說：「多好的寶貝呀！」

他眼中突然流下了淚水。臉部肌肉抽搐。他腦海裡浮現出自己被閹割時的情景……他的雙手抓住了自己的頭髮，喉嚨裡發出了絕望的嗚咽。

李公公的嗚咽是那麼的悲涼。

不一會，李公公把慘白光溜的臉埋在了冬子的下身上，舔著他的小雞雞，邊舔邊流著淚說：「多好的寶貝呀，多好的寶貝呀，我的寶貝呢，我可憐的寶貝呢？」

老太監也許想起了遙遠的童年，想起了那個曾經靈秀的少年，也是如此的乾淨，一塵不染……可當他在京城裡做生意失敗的父親無情地把他閹了後，一切都改變了……想起來，像做了一個夢，滿眼辛酸淚！人一生就是一個夢，可怕的夢哪！

李公公抬起了頭，舌頭舔著嘴唇。他彷彿是在回味著某種特殊的味道，這種味道已經離開他很久很久了。

李公公的目光迷離。他呆呆地注視著冬子的身體，好像是在注視著自己童年的身體。良久，他顫巍巍地伸出手，一把把冬子的小雞雞握在了手中，低聲說：「不會的，不會的！你不會被閹割的，永遠也不會被閹割的！多好的寶貝呀，不會和你的身體分離的，不會的，永遠不會的！誰敢奪走你的寶貝，我就活剮了他，讓他死無葬身之地，把他的命根子剁碎了，拿去餵狗！這是我的寶貝，我的寶貝，誰也不能將它奪走，誰也不能……」

迷迷糊糊的冬子大汗淋漓。

對冬子而言，這也是一場噩夢。

李公公走出了冬子的臥房。

他站在空空蕩蕩的廳堂裡，內心突然有了某種衝動。那是一股欲望，在他體內衝撞。其實，他早就沒有了這種欲望。可在今夜，欲望之火會重新燃燒，也許這是個奇蹟，也許他眞的不是個閹人了，也許他成了唐鎮的天子，老天爺給了他力量，讓他返老還童！他伸手摸了摸下身，感覺閹割過的地方長出了一截命根子。

李公公的呼吸變得沉重。他的身體在燃燒。

廳堂裡的燈籠高懸，透出暗紅色的光。

此時，他迫切希望自己有個女人！也許他眞的需要一個皇后！

李公公來到吳媽的房門前，敲了敲門。

吳媽在裡面警惕地說：「誰——」

李公公顫抖地說：「是老夫——」

吳媽聽清了李公公的聲音，趕緊下床打開了房門。

李公公朝徐娘半老的吳媽撲了過去！

吳媽驚叫了一聲，「皇上——」

李公公把她推到床上，喘著氣說：「吳媽，老夫要你——」

吳媽仰面倒在床上，恐懼地看著李公公，頓時不知所措。

李公公餓狼般撲在她身上，撕扯她的衣服。

吳媽明白了他要幹什麼。她的臉色漸漸平靜。

李公公還是不停地撕扯吳媽的衣服。

吳媽笑了，「皇上，你眞要我？」

李公公說：「要，要，要你——」

吳媽笑著說：「皇上，你行嗎？」

李公公說：「行，行，我行——」

吳媽說：「我自己脫吧。」說完，她利索地脫光了衣服。

吳媽的裸體很白，白得刺眼。

李公公揉了揉眼睛，看到的彷彿是少女的身體。他迫不及待地撲倒在吳媽的身上，雙手抓住了吳媽鬆弛的奶子，使勁地揉搓。他下身重新長出的命根子進入了吳媽的體內，不停地衝撞。吳媽躺在那裡，臉上掛著笑意，卻一點感覺也沒有，不興奮，也不冷漠。

李公公畢竟老了，不一會就喘不過氣來了。

吳媽把他放在一邊，輕聲對他說：「皇上，你不行呀，以後別這樣了，好不好，怕傷了你的龍體哪！」

李公公體內的火被吳媽的話澆滅了。他伸手摸了摸自己的下體，空空蕩蕩的，什麼也沒有。李公公內心無比的淒涼。

他心裡說：「你就是當了皇帝，你還是個無用的閹人！」

李公公突然伸出手，惡狠狠地抽了吳媽一記耳光，咬牙切齒地罵道：「賤貨！」

吳媽挨了打，還賠著笑臉，「皇上，只要你心裡舒坦，你就打吧，我承受得起。」

李公公默默地穿好衣服，走出了吳媽的房間。

吳媽說：「皇上，我送你回房吧。」

李公公冷冷地擺了擺手。

吳媽看他走出門後，就關上了門。她摸了摸火辣辣的臉，牙縫裡蹦出一句話：「閹人，還打我，沒有用的東西！」

李公公沒有聽到這句話。

如果他聽到了，也會把她掐死！

回到臥房後，李公公無法入睡。

他突然想起了什麼，從自己的臥房裡進入了地下通道。李公公提著燈籠，在地道裡往某個方向摸去。他沒有去那個常去的地下密室，而是來到了浣花院的一個小房間裡。他從地道爬上了那個隱祕的小房間，就聽到了一個男人粗壯如牛的喘息和女人痛苦的哀叫。

李公公顫抖著取下了牆上兩塊鬆動的磚。

一絡亮光從另外一個房間裡透過來。

李公公把臉朝那牆孔裡貼過去。

他看到了這樣的情景：赤身裸體的李慈林把同樣是赤身裸體的趙紅燕壓在身下，瘋狂地強暴著……

李公公的眼珠子冒著火，嘴唇發抖，渾身抽搐。

此時，在李公公的想像中，壓在趙紅燕身上的彷彿不是李慈林，而是他自己。他不知道多少次，透過偷窺，達到心理的平衡。

突然，從某個角落裡飄出一個聲音，「你是個閹人！」

李公公的臉扭曲了。他頹然地坐在地上，訥訥地說：「我不是閹人，不是閹人，我是皇帝，至高無上的皇帝！我要閹了你們，李慈林，李騷牯……我要閹了你們，我要把全唐鎮的男人全部閹了，唐鎮所有的女人都是我的，都是我的！」說著，他站了起來，把那兩塊磚鑲好。

之後，李公公淚流滿面。

他回到了地洞裡，邊走邊哭，開始是嚶嚶的哭聲，不久，就變成了號啕大哭。

兒子一夜未歸，朱月娘一夜未眠，心急如焚。

上官清秋端著黃銅水煙壺，邊吸煙邊安慰她說：「文慶也不是一次兩次不回家了，你放心吧，他跑不了的，遲早會回來的！你急了也沒有用，反而傷身體，你呀，多少年來都一樣，爲兒女操心，這有什麼用呢？還是學學我吧，把心放寬，這樣還能多活幾年，否則死得快！」

朱月娘的雙眼紅腫得爛桃子一般，哀怨地說：「我不聽你這個臭鐵客子的話，你是個狼心狗肺的人，你連吃了塊人肉還回家來得意，你噁不噁心呀，你這樣的人還有什麼良心，你想的都是你自己，從來不考慮別人的死活，自私透頂了！你活得再長壽又有什麼用？都活到屁股溝裡去了！」

上官清秋笑了笑說：「人不爲己，天誅地滅！我憑什麼要爲別人考慮，人生一世，草木一秋，等兩腿一蹬死後，什麼也沒有了，誰也不會和我有任何關係了！什麼兒女，什麼錢財，都見鬼去吧！活著一天，就讓自己舒坦一天，其他事情我是不會管那麼多的了。死老太婆，想開一點吧！你已經對得起文慶了！是死是活，都是他的命！難道我們管得了他一輩子？」

朱月娘抹了抹眼睛說：「我不想和你這個臭鐵客子說話了，你過你逍遙自在的生活吧，那老太監不是賞了你銅煙壺和人肉嗎，你再去找找他，讓他再賞你一個女戲子，你就真的快活了，我們娘倆是死是活，都和你沒有任何關係！」

上官清秋臉色變了，「死老太婆，我看你眞的是不想活了，也不怕隔牆有耳，你這樣說順德皇帝，要是傳到他的耳裡，你曉得後果有多嚴重嗎？」

朱月娘沒好氣地說：「我管他什麼皇帝不皇帝，你去告我狀好了，讓他也把我抓去活剮了，你們不就又有人肉吃了嗎！還在這裡幹什麼，快去告我的狀呀，我等著他們來抓我呢！我可不像你那麼沒有骨頭，一點小恩小惠就把你收買了，恨不得叫那老太監爹呢！」

上官清秋神色驚惶，「我求求你就別胡說八道了好不好，說不好眞的要出人命的！」

朱月娘嘆了口氣說：「唉，我這條老命要不要都無所謂了，可憐我的文慶呀，你在哪裡？」

這是個冷漠的清晨，雪停了，風也停了，唐鎭人家的屋頂和街巷都鋪滿了厚厚的積雪。朱月娘走出了家門，看到灰暗的雪，心想，兒子會不會被如此灰暗的雪埋葬？

她又返回家，拿了一把鋤頭，去找上官文慶。朱月娘還是選擇一些比較偏僻的角落，看兒子會不會躲在那些地方。特別是看到積雪很厚、有鼓突起來的地方，她就更加小心了，用鋤頭輕輕地刨開積雪，看個究竟。

在某個角落裡，朱月娘刨開一堆積雪後，頓時驚叫了一聲，扔掉了手中的鋤頭。積雪裡竟然埋了一根灰白的死人骨頭，死人骨頭的表面已經沒有光澤！這是誰的骨頭，不會是兒子的吧？不對，兒子的骨骼沒有那麼大。

朱月娘瑟瑟發抖，驚魂未定。她撿起地上的鋤頭，落荒而逃。

接下來，在不到半炷香的時間裡，她在不同地點的積雪中刨出了十幾根灰白的死人骨頭，有鎖骨，有琵琶骨，有肋骨，還有股骨……這是朱月娘有生以來最恐懼的一個早晨，每刨出一根死人骨頭，她的心就會被恐懼擊中一次，最後，她不敢再找下去了，慌亂地逃回了家中。

這是不是那個被稱爲紅毛鬼的人的骨頭？

如果是，那麼又是誰把他的遺骨扔在唐鎮的每個角落？

其實，並不只是朱月娘看到那些死人骨頭而心生恐懼。唐鎮許多早起的人都看到了被朱月娘刨出的死人骨頭，也嚇得半死。這件事情，給唐鎮人心中蒙上了一層陰影。

有人把這個事情報告給了李騷牯。

李騷牯大駭，如果那些死人骨頭是約翰的，眞的是不可思議！他昨天傍晚分明帶著幾個手下把約翰的骨頭從那口大鍋裡撈出來，送到五公嶺去埋葬了的！怎麼會散落到唐鎮的各個角落呢？要是李公公和李慈林知道了這個事情，那還了得，說不準李公公會撤了他這個御林軍將軍，甚至……他們特地交代了，要把約翰的骨頭弄到五公嶺去燒掉的，可他貪圖方便，就埋了那死人的骨頭。李騷粘惶恐不安，一面派人去五公嶺查看，一面派人去把散落在唐鎮各個角落的死人骨頭收集起來。

李騷牯猶如熱鍋上的螞蟻，在李家大宅門口走來走去。

去五公嶺察看的人還沒有回來，撿死人骨頭的人抬著一個籮筐走過來。

李騷牯知道那籮筐裡裝的是死人骨頭，頓時面如土色，衝過去，咬牙切齒地說：「你們這些笨豬，我不是讓你們把這東西放到鎮外頭去嗎，你們抬到這裡幹什麼？要是皇上曉得了，還不砍了你們的狗頭！還不快點抬出去！」

李騷牯在他們走出了興隆巷後，才稍微鬆了口氣。

李慈林滿面怒容地走出來，腮幫子上的每根鬍子都倒豎著。

李騷牯明白大事不好，只好硬著頭皮迎了上去，訕笑著說：「丞相，您早！」

李慈林沒面沒目地說：「早你老母！你這個狗屌的東西！老子昨天是怎麼交代你的，你竟然自作主張！你以爲老子是瞎子和聾子，那麼好蒙蔽？實話告訴你，老子可以把你扶起來，同樣也可以把你踩下去！你給老子聽好了，趕快去把紅毛鬼的爛骨頭給我燒掉，否則，老子讓你們把那些爛骨頭全部嚼下肚子裡去！」

李騷牯嚇出了一身冷汗，點頭哈腰說：「小的聽命，聽命！」

李慈林惱怒呵斥道：「還不快滾！」

李騷牯倉皇而去。

他還沒有跑出西城門，那些去五公嶺察看的人迎面跑過來。

前面的那個兵丁上氣不接下氣地說：「李將軍，不，不好了——」

李騷牯氣呼呼地說：「有話就說，有屁就放！」

兵丁接著說：「我，我們埋，埋下去的骨頭，都，都不見了，那裡現在是一個坑，好，好像是有人把骨頭挖出來的！」

李騷牯的心涼透了。

怎麼會這樣？怎麼會這樣？誰會在昨天晚上摸黑到鬼魂出沒的五公嶺亂墳場去挖出死人骨頭？就是有人這麼幹，那他又怎麼能夠進得了唐鎮？兩個城門都是關閉起來的，還有兵丁把守，李騷牯百思不得其解！

李騷牯心中充滿了恐懼。

他帶著兵丁飛快地跑出城門。

這時，有個人看著他們的背影冷笑。

這個人就是李駝子。

王海榮聽到了李慈林訓斥李騷牯的聲音，心裡有說不出的恐懼。

他躲了起來，等李慈林進了李家大宅，才從陰暗的角落裡閃出來，逃出了興隆巷。

他現在不敢和李慈林打照面，如果李慈林見到他，問起他和李紅棠的婚事，那可如何回答？如果他答應娶李紅棠，那會鬱悶至死，如果不答應，那死得會更難看！王海榮這是一失足成千古恨哪！他想過逃跑，遠離唐鎮這個是非之地，可他從來沒有出過遠門，加上本身懦弱，他根本就不知道能夠跑到哪裡去，要是被抓回來，那就徹底完了！

實在走投無路了，他只好去找姐姐王海花。

王海花正在灶房裡做早飯。

王海榮愁眉苦臉地走進灶房。

王海花昨天因爲吃了油炸人肉，吐了一個晚上，臉色寡淡，眼圈發黑，無精打采。她沒好氣地說：「你不好好地當你的御林軍，來我這裡做什麼？」

王海榮嘆了口氣說：「我都快死了！」

王海花冷笑了一聲說：「你的願望很快就要實現，馬上就要當李慈林的乘龍快婿了，還說什麼死呀死的，是不是存心在我面前裝蒜呀？唉，你就是以後當上皇帝，我也不會找你要什麼好處的，儘管放心吧，你困難時，我會幫你，你發跡了，我不會靠你的！要說靠得住，還得是自己的老公！」

王海榮哭喪著臉說：「阿姐，你誤會我了！我現在真的是走上絕路了哇！」

王海花用怪異的目光瞟了瞟他，「你說的話我是越來越不明白了，當了幾天的御林軍，說話也深奧了哇，眞的是出息了，狗屎也變金元寶了！你說說，誰逼你走絕路了？是我還是你姐夫？」

王海榮用拳頭使勁砸了砸自己的腦袋，悲涼地說：「阿姐，你不要再挖苦我了，我眞的不知道怎麼辦才好了，才來和你商量的。」

王海花說：「你的事情我清楚，你姐夫也和我說過了。我很明白你心裡在想什麼。你想想，我和你姐夫爲了你的事情操了多少心！當初你說喜歡紅棠，我就讓你姐夫去和李慈林提親，沒想到，你姐夫被他罵了個狗血淋頭！搞團練的時候，我們好心讓你去，你不去，事後，你又死活要去，我只好說服你姐夫，讓他去求李慈林，費了九牛二虎之力，才把你塞進去！現在，李慈林終於看上你了，不嫌棄你了，要把紅棠嫁給你，這是打著燈籠也難找的好事呀，你卻說要考慮考慮，你的架子好大呀，比山還大！人有臉，樹有皮，你讓你姐夫的面子往哪裡放？你曉得李慈林怎麼說你姐夫的嗎？他說你姐夫瞎了狗眼，看上了你這麼一個狗東西！他不但罵你是狗，連你姐夫也被他罵成狗呀！爲了你的事情，你姐夫做人有多難？你也不替他想想！」

王海榮訥訥地說：「這，這——」

王海花接著說：「我不曉得你是怎麼想的，你有什麼好猶豫的！我要是你呀，早就痛快答應李慈林了，你跟著他，吃香的喝辣的，我和你姐夫也沾光。我曉得你心裡打的什麼小算盤，不就是嫌紅棠現在有病，變得難看了一點嗎！這有什麼要緊的，說不準你們結婚後，她的病就好了，重新變得漂亮了呢！話說回來，要不是紅棠得了怪病，李慈林還看不上你呢！你這是走了狗屎運，白白占了個大便宜，還有什麼好說的呢？」

王海榮流下了眼淚，顫聲說：「阿姐，我求求你別說了，別說了！我不要什麼榮華富貴，也不想討老婆了，我只想過以前的日子，再苦再累也心安理得！阿姐，我求求你，你再和姐夫說說，讓他和李慈林說，我不當御林軍了，哪怕是給人當一輩子的長工，打一輩子的光棍，我也心甘情願，再也不敢有什麼非分之想了。我曉得，命中八尺，難求一丈！我認命了！」

他噗通跪在了王海花面前。

王海花無法理解他，氣得發抖，「你，你這個沒用的東西！我和你姐夫再不想爲你的事情操心了，你想幹什麼，自己找李慈林說去！你給我走吧，就算我沒有你這個弟弟！」

王海榮可憐巴巴地仰著頭，看著自己的親姐，她是他最後的救命稻草。

王海花突然大聲喊叫道：「你給我滾出去，我再也不想看到你了，你眞是糊不上牆的爛泥！我怎麼會有你這樣一個不爭氣的弟弟呢！你滾吧，我們以後橋歸橋路歸路，你再也不要踏進我的家門了，也不要認我這個姐姐了！滾吧，快給我滾吧——」

王海榮無話可說了，站起身，默默地耷拉著頭，走出了她的家門。

他抬頭望了望陰霾的天空，腦海一片昏糊。

李公公在考慮一個問題。他希望自己也有一幅上好的畫像，可以掛在寶珠院大廳自己寶座後面的壁障上，供唐鎮的臣子們朝拜，就是自己以後死了，也可以把容貌留下來，讓後人懷想。於是，他讓李慈林去找畫師。

唐鎮那時沒有畫師，這可急壞了李慈林。

如果派人到外地去找，那些畫師不一定會到唐鎮來，要是派出去的人走漏了李公公自立皇帝的風聲，那可是麻煩事，唐鎮必有血光之災！現在的唐鎮人，都不讓出遠門，只能在規定的範圍活動，也就是唐鎮周邊方圓幾十里地。

李慈林絞盡腦汁地想，認識的人中，誰能夠勝任這個差事。想了很久，他還是沒有想到一個具體的目標。

奇怪的是，李慈林的腦海裡總是浮現出趙紅燕哀怨的眼睛。爲了趙紅燕的事情，他找過李公公。他不會忘記自己和李公公的那段對話。

「皇上，臣有件事情向您稟報。」

「愛卿，你有什麼話就儘管說吧！」

「我想，皇上是不是得有個皇后？」

「唉，這個嘛，這個嘛……」

「如果皇上有這個意思的話，臣去安排。」

「你有什麼人選呢？」

「皇上，我看戲班的幾個女子長得都不錯，皇上中意哪個，我就——」

「你說什麼？讓那些戲子當皇后？笑話，笑話哪！你別看朕喜歡看戲，可是，戲子在朕心中，是下賤的人哪！」

「那臣去物色個良家女子，皇上意下如何？」

「算啦算啦，女人是禍水，你就讓朕過幾天安生的日子吧，現在有冬子在朕的身邊，已經足夠了，以後休要在朕面前提立皇后的事情！這很無聊，朕不想聽，不想聽——」

「請皇上息怒，臣再也不提此事了！」

「這還差不多！」

「皇上，臣有個請求，不知當不當說？」

「慈林呀，朕不是和你說過嗎，沒人的時候，你不要和朕如此客套，有什麼話你儘管開口。」

「你也曉得，我老婆她失蹤那麼久了，估計也回不來了，而且，冬子也過繼給皇上了。我想再討個老婆，再生幾個兒子。」

「這是人之常情，應該的，應該的！朕支持你！對了，你心中有人了嗎？」

「有是有，可說出來怕皇上見怪。」

「說吧，說吧，別吞吞吐吐的，這可不是你的作派。」

「我，我想娶趙紅燕爲妻——」

「啊——」

「皇上——」

「不是朕說你，你現在是我們唐鎮國堂堂的武丞相，實際上，你就是一人之下，萬人之上，朱銀山也只是個擺設，做樣子給別人看的。以你現在這樣的地位和身分，討個戲子做老婆，你也不怕人恥笑？你自己不怕，朕的面子也掛不住，也有辱國體哪！慈林哪，你三思哪！你現在要娶個良家女子，還不易如反掌，你又何苦要娶個戲子呢！」

「皇上，您別生氣，就當臣什麼也沒有說過。」

「慈林，你不要怨恨朕，朕是爲你好！不過，那個叫什麼燕的戲子的確有幾分風情，也難怪你動心，呵呵——」

「臣豈敢怨恨皇上。」

李慈林想，老東西，看你能活多久，等老子取代你後，老子就立她爲皇后，什麼戲子不戲子，老子不管這一套，老子就是喜歡趙紅燕，這天下沒有比她更好的女子！老子娶定她了！……李慈林突然想起一件事，他好像在趙紅燕的房間裡看過一幅畫像，是畫在一塊白色羅帕上的，畫中人就是趙紅燕。

那是誰畫的？

李慈林趕忙走進浣花院……很快地，從趙紅燕的口裡得知，在羅帕上畫像的人就是戲班裡的化妝師胡文進。

李慈林找到了胡文進。這是個臉色蒼白目光黯淡的男子。李慈林注意到，他的手指纖細又修長，和他的男人身分極不相稱。第一感覺，李慈林就不太喜歡這個人，可是，爲了讓李公公高興，他還是把胡文進帶進了藏龍院。

胡文進跪在李公公的面前。

李公公把精美的鼻煙壺放在鼻子底下深深地吸了一下，抽動著鼻息說：「聽說你會畫像？」

李慈林帶走胡文進時，沒有和他說清原委，所以，胡文進嚇壞了，兩腿發軟，他以爲李慈林要吊死他。

胡文進戰戰兢兢地說：「回皇上，奴才不敢，奴才以前學過，但只學得一點皮毛，爲了謀生，已經很久沒有畫了。皇上叫奴才進來，有何吩咐？」

李公公淡淡地說：「也沒有什麼特別要緊的事情，只是想讓你給朕畫像。」

胡文進大驚失色，連忙磕頭，「皇上，奴才不敢，不敢——」

李公公笑了，「你爲何如此惶恐？朕又不會吃了你！有什麼不敢的，你眞要會畫，那就不妨試試吧！畫好了，朕重賞你，畫不好，朕也不會怪罪你！你看怎麼樣？」

胡文進還有選擇畫和不畫的權利嗎？沒有！只要不是吊死他，或者剮了他，讓他幹什麼都願意。他現在是一隻驚弓之鳥，或者說是一隻看見過殺雞的猴子。

胡文進應承了下來。

當下，李公公就吩咐吳媽去取來紙和筆，要試試胡文進的畫功。

李公公端坐在太師椅上，胡文進看著他揮起了筆。胡文進很快就進入了角色，雙眼一掃剛才的驚懼，聚精會神地畫了起來。

冬子一直坐在旁邊的太師椅上，漠然地看著眼前的一切。

李慈林站在胡文進的身後，眼睛盯著胡文進不停甩動的手。

過了一會，李公公笑著對李慈林說：「慈林，你帶冬子出去走走吧，我看他很悶的樣子，讓他到外面去透透氣，就是養在籠子裡的鳥也要拿出去遛遛的，否則會悶死。」

冬子沒想到李公公會說出這樣的話，他的眸子裡有點火星在閃爍。他是多麼渴盼衝出牢籠般的李家大宅！

可不一會，冬子的目光又黯淡下來，因為李公公交代李慈林，一定要看好冬子，不要讓他自己一個人亂跑！這樣，冬子還是沒有自由，自由對他來說是多麼的寶貴。

唐鎮人又一次看到了那匹高大健壯的棗紅馬。

誰都知道，那是傳教士約翰的馬。

一個兵丁牽著棗紅馬走在前面，後面跟著兩抬轎子，上面分別坐著李慈林父子。轎子的後面跟著一隊全副武裝的兵丁。唐鎮人看到李慈林父子，都駐足朝他們低頭鞠躬，表示尊敬和問候。

只有李駝子坐在壽店裡，頭也不抬地紮著紙馬。

冬子的轎子經過壽店門口時，往裡望了望，沒有看到李駝子的頭臉，只看到他背上那團山一般沉重的死肉，那團死肉壓迫了李駝子一生。

冬子突然想起來，自己還欠李駝子買紙馬的錢，心裡頓時湧過一陣酸楚。他心裡說：「駝子伯，我一定會還你錢的，加倍地還你，你放心！我一定不會賴帳的！」

他們一行人很快地走出唐鎮的西門，朝空曠的還有積雪的河灘走去。

他們到來之前，阿寶獨自坐在唐溪邊的枯草上，手中拿著畫有趙紅燕美麗頭像的白手帕，凝視著汩汩流淌的清冽溪水，溪水中幻化出趙紅燕模糊的影子，彷彿有天籟之音從陰霾的天空中傳來，他還聞到了絲絲縷縷的茉莉花的香氣，那應該是趙紅燕身上散發出的香味。

冬子不知道父親帶自己到這裡來幹什麼。

他看到了阿寶，儘管阿寶是背對著他，冬子還是一眼認出了他。

阿寶淒清的背影在微風中顯得那麼無辜和無望。

冬子心裡酸酸的，大喊了一聲，「阿寶——」

阿寶慌亂地回過頭，最先看到了那匹馬，棗紅馬的眼睛裡充滿了悲傷。然後才看到轎子上的冬子，他覺得冬子的臉白了許多，胖了些。他沒有像往常一樣興高采烈地站起來，朝冬子撲過去，而是把手中的白手帕放進了褲兜裡，緩緩地站起來，面對著冬子，一言不發。

李慈林沉著臉對兒子說：「冬子，不要理他，你要曉得，你現在是皇孫了，和他的地位不一樣了，你們不能再在一起玩了，明白嗎？」

冬子無語。

父親的話深深地刺痛了他的心，他還是目不轉睛地望著自己最好的朋友，心中想起了那句話：「你是我的好兄弟，最好的兄弟！」

那是阿寶對他說過的話。

阿寶看上去臉黑了些，消瘦了些。冬子想，阿寶最近都在幹些什麼，他有沒有想念自己，就像自己想念他？

阿寶怔怔地站了一會，揮了揮手，喊了聲，「冬子——」

阿寶朝冬子跑過來。

李慈林冷冷地對手下的兵丁說：「不要讓他靠近皇孫！」

兩個兵丁就衝過去，攔住了阿寶，他們不知道和阿寶說了些什麼。

阿寶站在那裡不動了，張著嘴巴，口裡不停地呵出熱氣，眼神迷茫又無奈，憂傷又蒼涼。

阿寶站了一會，然後轉過身，遠遠地走開，不一會，就消失在河邊的一片水柳後面。

冬子心裡難過到了極點，在他和阿寶之間，已經出現了一道鴻溝，可怕的鴻溝，也可以這樣說，他和唐鎮人之間，也出現了一道可怕的鴻溝。父親和李公公爲什麼要把他和唐鎮人隔離開來，甚至連同自己的親姐姐？

冬子百思不得其解。他眞想跳下轎子，朝阿寶消失的地方跑過去，可他沒有這樣做。

他們在河灘最空曠的地方停了下來。李慈林在兩個兵丁的攙扶下，走下了轎子。他那麼一個五大三粗身強力壯的漢子，竟然也要人攙扶，冬子無法理解。

李慈林走到冬子的轎子跟前，伸出雙手，笑著說：「來，我抱你下來！」

冬子冷漠地說：「你帶我到這裡來做什麼？」

李慈林說：「你下來就曉得了，我今天要讓你開開眼界。」

冬子還是冷漠地說：「我自己有腳會下來，不要你抱！」他躬著身子，走下了轎子。

冬子心裡難過，對李慈林愛理不理，目光總是在阿寶消失的那片水柳叢中搜尋。冬子看不到阿寶的蹤影，心裡多了一份擔憂，他該不會出什麼事吧？

李慈林帶冬子到河灘上來，是爲了自己學騎馬，和冬子根本就沒有什麼關係。就是李公公不讓他帶冬子出來散心，他也要出來學騎馬，以前因爲李公公登基的事情抽不出時間，否則他早就出來了。

李慈林特別喜歡這匹棗紅馬。他走到棗紅馬的跟前，用粗糙的手掌撫摸馬身上油光水滑的皮毛，眼睛裡充滿了一種欲望，征服的欲望！他的手摸著的彷彿是趙紅燕的皮膚。他想像著自己騎著高頭大馬招搖過市的情景，那是多麼威風，多麼刺激，等自己學會了騎馬，就再也不坐轎子了！

讀者服務卡

您買的書是：________________________________

生日：　　　年　　　月　　　日

學歷：□國中　　□高中　　□大專　　□研究所（含以上）

職業：□學生　　□軍警公教 □服務業

□工　　□商　　□大衆傳播

□SOHO族　　□學生　　□其他 ____________

購書方式：□門市 _____ 書店 □網路書店 □親友贈送 □其他 _____

購書原因：□題材吸引　□價格實在　□力挺作者　□設計新穎

□就愛印刻　□其他 ______________（可複選）

購買日期：_______年_______月_______日

你從哪裡得知本書：□書店　□報紙　□雜誌　□網路　□親友介紹

□DM傳單　□廣播　□電視　□其他

你對本書的評價：（請填代號　1.非常滿意　2.滿意　3.普通　4.不滿意）

書名_____ 內容_____封面設計_____版面設計_____

讀完本書後您覺得：

1.□非常喜歡　2.□喜歡　3.□普通　4.□不喜歡　5.□非常不喜歡

您對於本書建議：

感謝您的惠顧，為了提供更好的服務，請填妥各欄資料，將讀者服務卡直接寄回或傳真本社，我們將隨時提供最新的出版、活動等相關訊息。

讀者服務專線：（02）2228-1626　讀者傳真專線：（02）2228-1598

舒讀網「碼」上看

廣 告 回 信
板橋郵局登記證
板橋廣字第83號
免 貼 郵 票

235-53

新北市中和區建一路249號8樓

印刻文學生活雜誌出版有限公司　收

讀者服務部

姓名：＿＿＿＿＿＿＿＿＿＿ 性別：□男　□女

郵遞區號：＿＿＿＿＿＿＿＿＿＿

地址：＿＿＿＿＿＿＿＿＿＿

電話：（日）＿＿＿＿＿＿＿＿＿＿（夜）＿＿＿＿＿＿＿＿＿＿

傳真：＿＿＿＿＿＿＿＿＿＿

e-mail：＿＿＿＿＿＿＿＿＿＿

李慈林在撫摸馬時，棗紅馬悲愴地抖了抖美麗的鬃毛，仰天長嘶。

冬子被棗紅馬的長嘶震驚了，張大嘴巴，久久沒有合上。

棗紅馬的長嘯刺激著李慈林征服的欲望。李慈林一腳踏上馬鞍上的鐙子，翻身上了馬。

剎那間，李慈林發出一聲吼叫。

那時，冬子在想，棗紅馬和自己一樣，也被囚禁了，沒有自由了。他希望棗紅馬像舅舅騎的紙馬一樣飛走，飛得遠遠的，到永遠看不到唐鎮的地方。他也希望棗紅馬把自己帶走，帶他到一個沒有陰謀和殺戮、沒有貧窮和哀傷的極樂世界裡去，那裡鮮花滿地，陽光燦爛，和平安樂……那應該是他的救贖之地。冬子在想像之際，手中緊緊地攥著那個銀色的十字架。

棗紅馬在奔跑。

李慈林在馬上狂笑。

突然，棗紅馬又仰頭長嘶，前蹄收起，直立起來，身體劇烈地抖了一下，把李慈林的身體摔了出去。

冬子驚呆了。

所有在場的人都驚呆了。

突然間，狂風四起，風聲尖銳地呼嘯，曠野上漫起滾滾黃塵，天地之間，一片迷茫。

棗紅馬嘶叫著，揚起四蹄，在曠野中飛奔，身上罩著一圈迷人的光環。

彷彿有種蒼涼的聲音破空而來，召喚著棗紅馬。

不一會工夫，棗紅馬就消失在滾滾的黃塵之中，再也見不到牠的蹤影。牠就像一個美麗而傷感的夢，留在了冬子的記憶之中。

李紅棠背著上官文慶，在坎坷的山路上行走。上官文慶的頭無力地耷拉在她的肩膀上。他輕輕地在李紅棠的耳邊說：「紅棠，你放我下來，我自己能走。」

李紅棠柔聲說：「你剛才都昏過去了，全身軟軟的，怎麼走哇！文慶，你放心，無論如何，我會把你帶回家的！」

上官文慶流下了淚水，「紅棠，我真沒用，給你添麻煩了。」

李紅棠笑了笑說：「文慶，莫哭，誰說你沒用了，你在我心中就是個大英雄！你曉得嗎，我心裡只有兩個男人配稱得上英雄，一個是舅舅，另外一個是你！」

上官文慶哽咽道：「我不是英雄，我是唐鎮的侏儒，是這個世界上最醜最沒用的人。」

李紅棠又笑著柔聲說：「你是英雄！你心地善良，又十分勇敢，敢於擔當！你不醜，真的，你在我眼裡，最英俊了！莫哭，文慶，你不是我們唐鎮的活神仙嘛，神仙是不會哭的，是快樂的。你曉得嗎，我最喜歡看你微笑的樣子，看到你的微笑，我心裡特別安穩。」

上官文慶含淚微笑了一下。

李紅棠輕聲說：「文慶，我感覺到你笑了，真的感覺到了。我們都是苦命的人，我們不能哭，我們要笑著活下去，再苦再難也要笑著活下去！」

上官文慶重複了一遍她的話，「再苦再難也要笑著活下去！」

這又是一個黃昏，他們卻離唐鎮還很遙遠。蒼茫的群山顯得那麼寂靜，那麼不諳世事，不顧人間的冷暖。

上官文慶說：「紅棠，又一天過去了，我們找個地方過夜吧。」

李紅棠說：「這前不著村後不著店的，找什麼地方過夜呢？」

上官文慶艱難地抬起了頭，在山上尋找著什麼。

不一會，上官文慶說：「紅棠，前面那山底下好像有個山洞。」

李紅棠說：「在哪裡？我看不見。」

上官文慶說：「往前走點，不遠的，到了那裡我會告訴你。」

李紅棠說：「好的，你的眼睛要放亮點，不要錯過了。」

上官文慶說：「我一直盯著呢，放心。」

那裡果然有個山洞，李紅棠背著他走了進去。山洞很大，裡面黑乎乎的，不知道有多深，也不知道隱藏著什麼危險的東西。她不敢走得太深，把他放了下來。

上官文慶掙扎著要起來。

李紅棠說：「你要幹嘛？」

上官文慶說：「我去找些乾柴回來生火，否則晚上會凍死的。」

李紅棠按住了他，「你身體這樣虛弱，還是好好躺著休息吧，我去！聽話，一定在這裡等我歸來，我沒歸來，你千萬不要亂動！」

上官文慶躺了下來，他實在是沒有氣力了，弄不清楚自己為什麼會如此疲軟，像是被抽去了筋一樣。

李紅棠關切地問道：「傷口還痛嗎？」

上官文慶說：「不痛，眞的不痛，你莫要擔心。」

提起他的傷口，李紅棠心裡十分難過，覺得很對不起他。那個傷口本來應該是在她身上的，是上官文慶替她擋住了那條惡狗的進攻。在那個村子裡，李紅棠挨家挨戶地問，有沒有見到過一個叫游四娣的女人。就在要離開那個村子時，一條惡狗狂吠著朝李紅棠撲過來，她驚叫著，嚇得站在那裡不知所措。千鈞一髮之際，上官文慶躍過來，擋在了她的前面，惡狗照著他短小的大腿上狠狠地咬了一口，惡狗尖銳的牙齒穿透了他的褲子……

李紅棠說：「文慶，我走了，你一定要乖乖地等我回來。」

李紅棠走出了山洞。山上很多枯枝敗葉，要找到乾柴並不是困難的事情。

李紅棠抱著一大捆乾柴進入了山洞，喊了聲：「文慶，你在嗎？」

沒有人回答她。

山洞裡很黑，她看不到上官文慶。她想，也許他睡著了，得先把火生起來，讓他暖和點，然後再出去找乾柴，她必須找到足夠的乾柴，度過這個漫漫長夜。李紅棠點燃乾柴後，就開始在山洞裡尋找上官文慶。

上官文慶的衣服散落在地上。

李紅棠看到那個角落裡，有一團東西。

她走近了那個角落，頓時驚叫了一聲，「啊——」

第十七章

李紅棠像是挨了當頭一棍，懵了。

緩過神來後，她一步一步往後退，渾身顫抖，神情驚懼，喃喃地說：「爲什麼會這樣，爲什麼會這樣——」

上官文慶渾身赤裸，面目猙獰，黝黑的皮膚變成枯樹的皮一般。

他沙啞地喊叫著：「紅棠，紅棠——」

李紅棠停住了後退的腳步，蒼老的臉扭曲著，撕心裂肺的痛楚。

上官文慶痛苦地掙扎，頭皮爆裂開來。

李紅棠聽到了上官文慶頭皮爆裂的聲音。

上官文慶又在蛻皮了。

李紅棠看著他痛苦地蛻皮，感覺有個無形的人手持一把利刃在剝上官文慶的皮，刀法是那麼的純熟，不會傷到皮下的任何一條血管。

她突然想起那個饑餓的春天，父親李慈林剝癩蛤蟆皮的情景。李慈林抓了很多癩蛤蟆回家，游四娣吃驚地說：「你捉癩蛤蟆回家幹什麼？」李慈林說：「吃！」游四娣說：「癩蛤蟆能吃嗎？」在唐鎮人眼裡，癩蛤蟆不同於青蛙，是有毒的，不能食用。李慈林說：「怎麼不能吃，有癩蛤蟆吃就不錯了！」李紅棠看到癩蛤蟆的皮就害怕，躲在了母親身後。李慈林抓起一隻癩蛤蟆，左手的拇指和食指掐住癩蛤蟆的肚子，右手拿著鋒利的小刀。他用小刀在癩蛤蟆的頭上輕輕地劃了一下，癩蛤蟆頭上的皮就裂了開來。緊接著，他用手捏住癩蛤蟆頭上裂開的皮，用力地往下撕，一點一點地，李慈林剝掉了癩蛤蟆身上難看的皮，露出了鮮嫩的肉。剝掉皮的癩蛤蟆還在動，李慈林就用小刀挑開了癩蛤蟆的肚子……

上官文慶蛻皮的過程，就像李慈林剝癩蛤蟆的皮。

可上官文慶不是癩蛤蟆，也沒有人剝他的皮，他身上的皮是自己蛻掉的。像蛇蛻那樣。

上官文慶蛻皮的樣子慘不忍睹。他痛苦地掙扎，嘴巴張著，就是發不出聲音，身體波浪般在地上翻滾……他身上枯槁的黑皮一點點地蛻下來，一直蛻到腳趾頭。

李紅棠看到這樣的情景，心中充滿了恐懼。

蛻變後的上官文慶渾身上下光溜溜的，很快就長出了一層粉紅色的新皮，他停止了掙扎，閉上了眼睛，像個熟睡的嬰兒。蛻過皮的上官文慶又小了一圈。

如果說被李慈林剝了皮的癩蛤蟆還會動彈，那麼，蛻皮後的上官文慶像是死掉了一樣，一動不動。

蛻下一層皮，耗盡了他所有的精力。

李紅棠眞的以爲他死了。她又恐懼又悲傷，眼淚情不自禁地流淌下來。

如果上官文慶不跟著她，怎麼會蛻皮死掉呢，他以前是個多麼快樂的小神仙！

李紅棠努力地讓自己接受這個現實，夢幻般的現實。她站在那裡，心裡的恐懼感被一點點清除，漸漸地生發出對上官文慶的憐愛之情。她緩緩地朝上官文慶走過去，心裡說：「文慶，你這麼好的一個人，爲什麼會遭到如此厄運？這不公平，老天，這太不公平了！」

李紅棠彎下腰，抱起了嬰兒般的上官文慶，凝視著他的臉，輕柔地說：「文慶，我不會放棄你的，無論如何，我會帶你回家！你就是死了，我也要帶著你的屍體回家，我不會把你丟在這個山洞裡！」

這時，黑漆漆的山洞深處吹出一股陰冷的風，火苗飄搖，火堆裡飛出紛亂的火星。山洞深處彷彿傳來呼吸的聲音。那裡面似乎隱藏著一個惡鬼，隨時都有可能把他們拖進一個萬劫不復的世界！李紅棠抱著上官文慶，渾身瑟瑟發抖。

她輕聲地說：「文慶，我不怕，不怕——就是死，我也會和你在一起。」

其實，她的話也是對自己說的，讓自己不要怕。

上官文慶突然睜開眼，無力地說：「紅棠，我冷——」

李紅棠又驚又喜，上官文慶竟然活著，只要活著，就有希望！

上官文慶的身體輕微抽搐了一下，又說：「紅棠，我冷——」

李紅棠說：「文慶，別怕，我抱著你呢，火也生好了，我不會讓你受凍的！」

上官文慶的眼角滲出了淚水。

他的皮膚漸漸地變黑，就像是被氧化的銅，失去了表面的光澤。

李紅棠見狀，心想，一定是因爲寒冷，他身上的新皮才會如此變化。

她輕柔地說：「文慶，你先忍耐一下，馬上就好了！」

上官文慶睜開了眼睛，「我沒事，我忍受得了，再大的痛苦我也可以忍受，只要和你在一起，死又何懼！」

李紅棠把他輕輕地放在地上的衣服上，然後脫下自己的棉襖，鋪在地上，接著，又抱起了他，把他黑乎乎的小身體放在棉襖上，裹了起來。李紅棠往火堆裡添了乾柴，乾柴劈劈啪啪地燃燒，火越來越旺。李紅棠重新抱起了用棉襖裹著的上官文慶，把他摟在懷裡。

李紅棠坐在火堆旁邊，凝視著上官文慶黑炭般的小臉，心尖尖在顫抖。淚水從她眼角滑落，滴在了他的臉上。

上官文慶的眼睛有了些許亮光。他輕聲說：「紅棠，不哭，我死不了的，我是唐鎮的活神仙哪。」

李紅棠哽咽地說：「我沒哭，沒哭。你當然不會死，不會的，你會好起來的，會像從前一樣健康快樂的！」

上官文慶臉上漾起了一絲笑意：「紅棠，我蛻皮，你害怕嗎？我在蛻皮時，什麼也不怕，就擔心你看著害怕。」

李紅棠說：「我不怕，我不怕！你現在是我最親近的人，我怎麼會害怕！」

上官文慶說：「蛇每蛻一次皮，都會長大一圈，爲什麼我蛻皮，卻越來越小呢？」

李紅棠說：「文慶，你會長大的，我看著你長大。」

上官文慶說：「紅棠，說眞的，我現在死也甘心了。能夠在你的懷裡死去，是我的福分！也許上天根本就不讓我得到你，於是懲罰我，讓我慢慢變小，然後從塵世上消失。我不怕，只要能夠和你在一起，哪怕是一刻，死又如何！用我的生命換你的情，我心甘情願！」

李紅棠抽泣起來。

她緊緊地抱著這個可憐的人，內心充滿了愛意和感激。

因爲給趙紅燕畫過一個頭像，胡文進因此改變了自己的命運。他給李公公畫完一幅簡單的肖像後，就被認可了，李公公認爲他有這個能力給自己畫好一幅像老佛爺那樣的畫像。李公公把他從鼓樂院陰暗的房間裡解放出來，讓他可以自由地在李家大宅行走，重要的是，每天要有一個時辰和李公公在一起，給他畫像。

胡文進給李公公畫像時，冬子就坐在一邊看著，眼神怪怪的。

胡文進捉摸不透冬子的心情。

每次給李公公畫完像，李公公就要到臥房裡去休息。李公公進臥房後，冬子就會對胡文進說：「你爲什麼會畫畫？」

胡文進很難回答他這個古怪的問題，只是淡淡地說：「你喜歡畫畫嗎？」

冬子搖了搖頭，「我爲什麼要喜歡？如果我會畫畫，我絕對不會給皇爺爺畫的。」

胡文進心驚肉跳，要是被李公公聽到這樣的話，會不會把冬子吊死？胡文進還是好奇地問：

「爲什麼？」

冬子覺得這個人和自己一樣擁有強烈的好奇心，於是，對他有了些好感。冬子嘆了口氣，悠悠地說：「我要是會畫像，誰也不畫，就畫我阿姐，我要把阿姐美麗的模樣畫下來，天天看著她，就像阿姐天天陪著我。」

胡文進說：「你阿姐很美？」

冬子黯然神傷地點了點頭。

胡文進的眼睛裡煥發出難得一見的光彩，「比趙紅燕還漂亮？」

冬子點了點頭說：「她怎麼能夠和我阿姐比？阿姐是天下最美麗的女子。」

胡文進興奮地說：「能給我講講嗎，你姐姐如何美麗？」

冬子說：「可以，但是有個條件，你要給我阿姐畫一幅畫像，不要像皇爺爺的那麼大，一小幅就可以了。」

胡文進笑著說：「沒有問題！」

冬子瞟了瞟李公公房間緊閉的門，輕聲說：「你到我臥房裡來吧，我講給你聽。」

胡文進說：「好的好的！」

他們進了臥房後，冬子把門反閂上了。吳媽陰沉著臉，走到冬子的門外，把耳朵貼在門上，瞇著眼睛，在偷聽什麼，可是，她什麼也沒有聽到，不一會，就悻悻地離開了。

冬子講敘姐姐李紅棠的時候，胡文進的目光癡迷，他的腦海裡幻化出很多美麗的景象：帶露的蘭花的花朵，山林裡清澈的泉水，輕柔的風在池塘裡吹拂出的漣漪，月光下的草地，雨後的彩虹……這個世界上所有美好的事物彷彿都和她有關，最讓胡文進心動的是，她不依不饒地尋找母親的故事，他的眼睛裡閃爍著淚光。

胡文進聽完後，激動地對冬子說：「皇孫，我一定會把你姐姐畫好的！」

冬子突然哀怨地說：「可是，可是阿姐現在變醜了……」

胡文進也黯然神傷，「怎麼會這樣呢？皇孫，你莫要傷悲，你姐姐在你心中永遠美麗，對不對？」

冬子點了點頭，突然覺得胡文進是一個善良的可以信任的人。他說：「我叫你畫阿姐的事情，你不能告訴任何人，好嗎？」

胡文進認眞地說：「我答應你！」

正月初六這天，按唐鎭的老規矩，要把土地公公和土地娘娘的神像抬到鎭上遊街，接受唐鎭人的祭拜，保佑唐鎭一年風調雨順，唐鎭人乞求土地神帶給他們平安和福氣，遠離災禍和疾病。

李公公在這天早上對前來請安的李慈林說：「慈林，我一大早醒來，右眼一直不停地跳，不知道是不是有什麼事情要發生。今天這個日子有點不同尋常，我看要加強警戒呀！」

李慈林笑了笑說：「皇上，你是洪福天子，不會有什麼事情的，你就放一百個心吧！」

李公公皺了皺眉頭說：「話不能這樣說，小心行得萬年船，千萬不能掉以輕心哪，一定要防患於未然！我看這樣，今天這個日子不同尋常，你多派些人手出去，加強警戒，特別是對外來的人口，要……」

李慈林點了點頭，「臣明白！」

李慈林受命而去後，李公公還是坐立不安。

小街上人山人海。很多人在街兩旁擺了香案，香案上放著香爐和三牲祭品。就算不是住在街上的那些人家，也來到街旁擺上香案，每年的這一天，都是他們祈福的最重要的日子。

這天，多雲的天上有了些日影，天氣也溫暖了許多，吹起了南風，有些春意了。那些殘留在瓦稜上的積雪開始融化，屋簷上淅淅瀝瀝地滴下珍珠般透亮的雪水。雪水自然地落在人們的頭上和身上，可他們並不在意，虔誠地等待土地神的到來。

晌午時分，有人大聲吆喝：「土地公公和土地娘娘出巡啦——」

街上的人就準備接神，他們手拿焚香，翹首以盼。

土地公公和土地娘娘的神像分別由四個繫著紅腰帶的壯漢抬著，緩緩地從東門走進唐鎮的小街。前面有個老者在鳴鑼開道，後面跟著一群嘻嘻哈哈吵鬧的孩子。

土地神到一處，都要稍作停頓，接受街兩旁的人祭拜，而且祭拜的人除了焚香燭，都要放一掛鞭炮。頓時，鞭炮聲嘈雜聲響成一片。

李騷牯帶著幾個兵丁在人群裡鑽來鑽去。

他們的目光在人們的臉上掠來掠去。李騷牯的心理特別複雜，他出來時，又看到李慈林往浣花院去了。他想，老子給你賣命，你自己卻去找女戲子快活，眞是不夠意思！如果李慈林給他一個女戲子，他就會心安理得了。內心充滿了欲望的李騷牯實在沒有辦法，只好頻繁回家和老婆王海花做那事情，他和王海花的夫妻關係也空前良好，他們夫妻生活達到了最高潮。

李騷牯希望在摩肩接踵的人群中發現陌生人的面孔，這樣，就可以到李公那裡去邀功領賞；可他又不想陌生人出現，因爲內心還是有種恐懼感，這些日子裡，那些死人的面容總會不時地在他的眼前浮現，令他毛骨悚然，心驚肉跳，他做不到忘乎所以，在這一點上，李慈林的心理承受能力的確要比他強大。

這個時候，眞的有個戴著一頂破氈帽背著一個包袱的中年男子，從東城門擠了進來，鑽到了人流之中。如果這個人不煞有介事地走進胡喜來的小食店，或許李騷牯就不會那麼快發現他。陌生人走進胡記小食店時，土地神還沒有抬到店門口，胡喜來一家人還在等待，不時地往土地神的方向眺望。

陌生人坐在一張桌子旁，把包袱放在桌子上，大聲說：「老闆，有什麼吃的嗎？」

胡喜來回過頭，朝他笑了笑，「客官，你稍微等一下，我拜完神就來招呼你！」

陌生人大大咧咧地說：「好吧！」

胡喜來心裡一沉，又回過頭看了陌生人一眼，這可是個外地人喲！他突然想起了過年前來到唐鎮後莫名其妙失蹤的外地人，特別不安。現在這個外地人和那些莫名其妙失蹤的外鄉人不一樣，那雙暴突的牛眼有股殺氣，舉手投足間有種唐鎮人沒有的特別神氣，好像不是一般的客商或者過路人，儘管他的穿著打扮看上去十分寒酸。無論如何，胡喜來還是替這個陌生人的命運擔憂。

李騷牯來到了胡記小食店門口，胡喜來心裡徒然一驚，覺得大事不好。

李騷牯發現了這個陌生人。

陌生人也發現了帶刀的李騷牯。

他們四目相碰，火花四濺。李騷牯心裡發寒：這個陌生人不簡單！李騷牯沒有進去，而是找了個他可以看見陌生人的地方，監視著他，陌生人卻看不見他，陌生人臉上掛著一絲冷冷的笑意。

陌生人吃完飯，唐鎮街上的人也漸漸散去了。陌生人的飯量十分驚人，竟然吃下去九碗白米飯，還有三盤紅燒肉，外加一盆雞蛋湯。陌生人吃飯的時候，問了胡喜來很多問題，胡喜來支支吾吾的，沒有全部回答他。讓胡喜來心驚的是，陌生人問到的一個人，好像就是年前在他小食店裡吃過飯的一個收山貨的客商。陌生人付了飯錢，就在對面的雨來客棧住了下來。

阿寶無心和其他孩子一樣跟在土地神後面湊熱鬧。他獨自地來到了河灘上，南風暖暖地吹拂過來，潮濕中夾帶著些許暖意。河灘上水柳樹下的一塊塊積雪漸漸融化，變成一攤攤水跡。阿寶坐在溪邊的一塊石頭上，從口袋裡掏出那塊白手帕，放在鼻子下深深地呼吸著，彷彿聞到了一股幽香，他眼前浮現出趙紅燕回頭那悲戚的一瞥，阿寶深深地爲她擔憂，和擔憂在外面尋找母親的李紅棠一樣，卻又有些不同。

就在這時，有個人朝河灘這邊跌跌撞撞地跑過來，他目光迷離，臉色鐵青。他就是王海榮。

這一天終於到來，本來就心懷恐懼的王海榮嚇得瑟瑟發抖，牙關打顫，一句話也說不出來。

李慈林沒有表露出兇神惡煞的樣子，輕聲說：「海榮，你只要回答我一句話，答應還是不答應，我不會強迫你的！」

李慈林越是如此平靜，王海榮心裡就越不安，戰戰兢兢，不知如何回答李慈林，「我，我——」

李慈林笑了笑說：「你是不是嫌紅棠現在變醜了？」

王海榮吞吞吐吐地說：「不，不——」

李慈林突然冷冷地說：「那是爲什麼？」

早上，李慈林把他拖到了大和院的一個角落，微笑地問他：「海榮，你考慮好沒有哪？都那麼長時間了。」

王海榮額頭上冒出了豆大的汗珠，他嚇壞了。

李慈林目露兇光，咬著牙說：「你這個軟蛋！滾——」

王海榮抱頭鼠竄。他感覺到大難臨頭，跑出了李家大宅，茫然四顧，天彷彿要塌下來，地也好像要陷下去。他倉皇地朝李騷牯家走去。一路上，每個碰到他的人都彷彿向他投來鄙夷的目光，都好像在說：「你這個軟蛋，活該被李慈林千刀萬剮！」他來到了李騷牯家，直接就闖了進去。

王海花剛剛拜祭完土地神回來，正準備做午飯，見到王海榮臉色鐵青地走進來，沒好氣地說：「你來做什麼？」

王海榮木訥地說：「阿姐，救救我——」

王海花用鄙夷的目光盯著他，「到底發生了什麼事情？」

王海榮想到凌遲約翰的情景，心中想像的那句話脫口而出，「李慈林要活剮了我，我完了，完了——」

王海花冷冷地說：「你是不是拒絕了娶紅棠？」

王海榮慌亂地說：「是，是……不，不——」

王海花嘆了口氣說：「你真是個沒出息的東西，多大一點事就把你弄成這個鬼樣子！我要是你，還不如自己找個清靜的地方死了算了！你走吧，我救不了你，你姐夫也救不了你！」

王海榮的目光變得迷亂，「阿姐，你真的救不了我？你真的讓我去死？」

王海花氣得咬牙切齒，「是，我救不了你，誰也救不了你，你去死吧，去死吧，死了你就安生了，就沒有那麼多麻煩了！」

王海榮木然地轉過了身，朝門外走去。穿過巷子，走到了街上，他喃喃地說：「好，好，我去死，去死——」

李騷牯看見了他，叫了他幾聲，他都充耳不聞。李騷牯正帶人監視那個神祕的外鄉人，王海榮的樣子讓他十分惱怒，「你是不是發癲了？」

王海榮根本就感覺不到他的存在，也感覺不到任何人的存在，喃喃自語著朝西門外走去。路過李駝子壽店門口時，李駝子抬起頭瞄了他一眼，目光中充滿了悲憫。

阿寶聽到了腳步聲，趕緊把手中的白手帕塞進了口袋裡，這是他的祕密，不能讓任何人知道的，連自己的父母親也不能知道。他回過頭，看見了神經病一般的王海榮。

阿寶也聽到了他口中重複著的那句話，「好，好，我去死，去死——」

阿寶聽到他的話，頓時毛骨悚然。

死是一個令人恐懼的字眼。

這些日子裡來，唐鎮總有人死去，阿寶一聽到死字，就不禁渾身冰冷。他對王海榮沒有什麼好惡感，只是覺得他是個平常得不能再平常的人，就像河邊的一塊石頭或者是一蓬枯草。阿寶還是動了惻隱之心，站起來，迎上去，對他說：「你不要想不開呀，快回去吧——」

王海榮停住了腳步，愣愣地用可怕的目光盯著他。

阿寶囁嚅地說：「你不要這樣，不要這樣。」

王海榮鐵青的臉抽搐著，突然抽出腰間的佩刀，用刀尖指著阿寶的鼻子，聲嘶力竭地喊叫道：「你給我滾開，不要阻擋我去死——」

阿寶驚呆了，站在那裡什麼話也說不出來，一動也不動。

他不明白，是什麼事情讓王海榮如此絕望，而且，他連死的決心都如此堅定，爲什麼還怕活著呢？

王海榮手中的刀低垂下來，拖著寒光閃閃的鋼刀朝那片水柳叢中走去。

水柳叢中傳來了死鬼鳥淒厲的叫聲。

不一會，阿寶聽到了一聲慘叫，隨即傳來鋼刀掉落在石子地上的哐噹聲。他心裡哀鳴了一聲，「王海榮完了——」

阿寶想都沒想地朝唐鎮跑去，邊跑邊喊叫：「王海榮自殺了，王海榮自殺了——」

王海榮用手中鋒利的鋼刀抹了自己的脖子。

他倒在水柳叢中的石子地上，血從他的脖子上噴湧而出，抽搐了幾下，瞳孔便放大了……那時，太陽鑽出了雲層，發出慘白的光。

王海花沒有想到弟弟眞的會去死，就因爲自己的一句氣話。

她哭得死去活來。

李騷牯對她說：「你哭有什麼用，人都死了！」

王海花說：「都是我害了他哇，都是我害了他哇——」

李慈林聽說此事後，對李騷牯說：「讓張發強給他打一副上好的棺材，將他厚葬了吧！這可憐的東西！」

這天晚上，住在雨來客棧的那個外鄉人沒有到胡記小食店吃飯。

入夜後，胡喜來看到余成走出來，就迎上去對他說：「那位住店的客官走了？」

余成慌慌張張地說：「沒有呀，還在樓上的客房裡吧。」

不遠處兩個兵丁朝雨來客棧探頭探腦。

余成發現了他們，就輕聲對胡喜來說：「喜來，你不要問東問西了，多一事不如少一事，明白嗎？」

胡喜來茫然地搖了搖頭，「我不明白。」

余成嘆了口氣說：「以後你會明白的！」

胡喜來傻傻地說：「奇怪了，爲什麼住進客棧的人都會不見了呢？」

夜深沉。

朦朧的月光使唐鎮更加詭祕莫測。

幾個蒙面人出現在雨來客棧的門口。

門悄無聲息地打開了，蒙面人魚貫而入。他們摸上了樓，在一間房間外停了下來。房間的門縫裡透出微弱昏紅的光線，其中一個蒙面人把眼睛湊近門縫，往房間裡窺視。床上的被子隆起，像是有個人在蒙頭大睡。

蒙面人用刀輕輕地挑開了門閂，朝房間裡撲過去！

領頭的蒙面人用刀挑開了被子，驚呼：「我們上當了，床上根本就沒有人，只有一條板凳！」

他們在房間裡搜尋，根本就沒有找到人的蹤影，窗門也關得好好的，難道此人會插翅而飛？

李騷牯提著燈籠，匆匆地來到浣花院的圓形拱門口，心裡罵了一聲，「狗屌的李慈林，這個時候還有心情睡戲子！就曉得讓我們去給你賣命！什麼東西！」

他對一個手下說：「給我敲門！」

那個兵丁有些猶豫，遲疑地看著李騷牯。

李騷牯低沉地說：「我讓你敲門，你聽見了沒有？」

兵丁只好伸出手，敲起了門。

李騷牯又說：「你是不是三天沒有吃飯了，就不能用力點敲，你這樣敲門，李丞相能聽得見嗎？」

兵丁就使勁地用拳頭砸門，砸得咚咚作響。

過了一會，李騷牯聽到了腳步聲。

他知道是李慈林出來了。

李慈林來到門前，說：「誰在敲門？吵死人了！」

李騷牯說：「丞相，不好了，那個外地人跑了！」

門開了，李慈林陰沉著臉走出來，一把拎起了李騷牯的衣領，「你說什麼？人跑了？」

李騷牯說：「丞相，你放，放開我，勒得太緊了，我喘不過氣來。」

李慈林狠狠地推了一下，李騷牯一個趔趄，倒在地上。

李慈林惡狠狠地說：「你說，到底怎麼回事？」

李騷牯的屁股摔得很痛，齜牙咧嘴地爬起來，戰戰兢兢地說：「丞相，那個外鄉人不見了！」

李慈林惱怒地說：「你們這幫飯桶，連一個人都盯不住，你們還能幹什麼大事！你們曉得嗎，要是被他跑掉了，到官府去告了狀，我們都得被誅九族！看來唐鎮今夜不會太平了！騷牯，你多帶些人去挨家挨戶地搜，就是挖地三尺也要把那個人給我找出來，我就不相信他長了翅膀，能飛出唐鎮！我坐鎮皇宮，保護皇上！」

李騷牯皺了皺眉頭，帶著人走了。

李慈林衝著他們的背影，惱怒地罵道：「這些吃屎的狗東西，要是抓不住他，看我不活剝了你們的皮！」

這的確是個不安穩的夜晚，李騷牯帶著兵丁，挨家挨戶地搜人，把唐鎮弄得雞飛狗跳。

唐鎮大部分人家都比較配合，開門讓他們進去搜查，搜查完後，李騷牯就會對屋主說：「如果你們發現有什麼情況，趕緊向我們報告，否則十分危險，這個人是殺人不眨眼的江洋大盜。」

聽到此話的人被唬得面如土色，大氣不敢喘一口。

那些唐鎮的王公大臣也十分配合，讓他們搜查，李騷牯在他們面前說得更堂皇了，「我們是爲了你們的安全著想，否則在家睡大覺多舒服！」

李騷牯帶著人從朱銀山家出來時，朱銀山還客氣地把他們送到門口。

李騷牯說：「朱丞相，實在抱歉，打擾你一家休息了！」

朱銀山說：「哪裡，哪裡，你們是爲了我們好，辛苦了，辛苦了！」

朱銀山家的下人把大門關上後，李騷牯覺得有人在自己的耳垂上吹了口冷氣，「你不得好死！」

李騷牯大驚失色，要不是有那麼多手下跟著他，給他壯膽，他會沒命地跑出青花巷。

他們來到了沈豬嫲的家門口。

聽到兵丁的喊叫和敲門聲後，沈豬嫲穿著睡衣睡眼惺忪地開了門，當她看到李騷牯的時候，渾身顫抖了一下，馬上就清醒過來，眼睛放出亮光，可是，她發現來的不只他一人，心裡有些失落，「李將軍來了，請問有何貴幹？」

李騷牯的目光在她半露的奶子上瞟了一眼，說：「我們唐鎮進了個江洋大盜，我們奉皇上之命捉拿，看看有沒有潛到你們家裡來！」

沈豬嫲吃驚地說：「江洋大盜呀，嚇死人了，嚇死人了，你們可一定要捉住他喲！」

李騷牯揮了揮手，兵丁們就湧了進去。

他們沒有在沈豬嫲家搜到陌生人。

沈豬嫲偷偷拉了李騷牯的手一下，朝他拋了個媚眼，「李將軍好走，有時間來呀！」

李騷牯掙脫了她的手，二話不說地帶人走了。

沈豬嫲關上門，雙手放在胸前，自言自語道：「我的心跳得好厲害喲，該死的李騷牯，你害死我了，看來，這個晚上我又睡不好覺了！」

唐鎮也有人不配合他們搜人。

他們遭到了李駝子的抵制。無論他們怎麼敲門、怎麼說，李駝子就是不打開壽店的門。李駝子在裡面生氣地說：「我們家沒有江洋大盜，只有一些燒給死人用的東西，你們要的話，改天我燒給你們！」因爲李駝子和李騷牯是本家，輩分又比李騷牯大，開始時，李騷牯還是好言相勸，讓他開門。李騷牯怎麼說，李駝子就是不理他。最後，李騷牯火冒三丈，「老不死的駝背佬，老子好歹也是掌管御林軍的將軍，讓你開個門就那麼難！老實告訴你，今天你開也得開，不開也得開，要是被老子發現你窩藏江洋大盜，你吃不了兜著走！」

李駝子也火了，「你是什麼狗屎將軍！你就是一個無賴！你要怎麼樣，我奉陪到底，我就不相信沒有王法了！我看你們才是江洋大盜！」

李騷牯氣得發抖！他氣急敗壞地說：「弟兄們，給老子把這老東西的門撞開！」

門很快被撞開了。李駝子站在那裡，仰著頭，對進來的人怒目而視。

李騷牯斜斜地瞥了他一眼，一腳把他踢翻，用刀指著他說：「你這個老不死的，要不是看在本家的分上，我一刀剁了你！」

李駝子躺在地上氣得瑟瑟發抖，什麼話也說不出來。

他們搜查完後，李駝子才憤怒地憋出一句話，「你們作惡多端，會遭報應的，老天總有一天會開眼的！」

他們折騰到快天亮，幾乎把唐鎮翻了個遍，也沒有找到那個陌生人。

這個神祕的陌生人成了李公公他們的一塊心病！

也就在這個晚上，冬子毫無睡意，他不知道唐鎮被李騷牯他們鬧得雞犬不寧。

下午余老先生教他讀書時，他一直在想著胡文進會把姐姐李紅棠畫成什麼樣，根本就讀不進去，老是走神。這讓余老先生十分生氣，讓冬子伸出手掌，用戒尺狠狠地抽打了一陣，打得他鑽心地痛，手掌很快紅腫起來。一上完課，冬子就飛快地回到藏龍院，發現胡文進還在給李公公畫像，於是心急火燎地坐在一旁，等待著。李公公今天的興致好像特別高，坐在那裡讓胡文進畫了很久也不說累。要不是李慈林匆匆走進來，和他有要事相商，李公公或許要讓胡文進畫到黃昏。

李公公他們進入房間後，冬子也把胡文進叫進了自己的臥房。

冬子反門上門，就迫不及待地問：「我阿姐的像畫好了嗎？」

胡文進笑了笑說：「看把你急的，畫好了。」說著，他就從懷裡掏出一塊白綢布，遞給了冬子。

冬子把白綢布攤在桌面上，吃驚地睜大了眼睛，「啊——」白綢布上畫著一個美麗女子的頭像，冬子一眼就認出來了，這不就是姐姐李紅棠病前的模樣嗎！簡直太神奇了，胡文進連姐姐的面都沒有見過，竟然畫得如此傳神。

胡文進有點得意地說：「冬子，畫得如何？」

冬子興奮地說：「太好了，我阿姐就是這樣的！」

胡文進微微嘆了口氣說：「如果我見過她眞實的容貌，會畫得更好的！可惜呀，今生不知道能不能見到這個唐鎮最美麗的女子！」

聽了他的話，冬子的心弦被撥動了，頓時黯然神傷，「阿姐不曉得現在在哪裡，也不曉得找到媽姆了沒有，可憐的阿姐——」

胡文進說：「冬子，你對你姐姐的感情眞的很深，我想，她會好的，你不要如此傷心。你是個重感情的善良孩子，你姐姐有你這樣的弟弟，是她的福分！你和這裡的人都不一樣！我實在想不出來，他們爲什麼會如此殘暴，一個個都像惡魔。像我們戲班的人，眞是生不如死哇！」

冬子的腦海裡突然浮現起戲台上蒙面人吊死那個清瘦漢子的情景，心想，也許胡文進知道這個祕密。於是，冬子輕聲問道：「你曉得戲台上吊死的那個人是誰嗎？」

胡文進變了臉色，「這——」

冬子拉了拉他的手，他的手冰涼冰涼的。

冬子凝視著他驚恐的眼睛，「你一定曉得的，對不對？」

胡文進抽回了手，慌亂地說：「冬子，我該走了。」

冬子誠懇地說：「你告訴我，好嗎，我不會說出去的，我發誓！如果我說出去，被雷劈死！」

胡文進嘆了口氣說：「你眞的想知道？」

冬子點了點頭，「眞的！」

胡文進說：「那你眞的不能說出去，否則我就必死無疑，下一個被吊死的人就是我了！」

冬子的好奇心被他的話撩撥得難以忍受，心裡癢酥酥的，「你放心，我一定不會說出去的，我會把這個祕密爛在肚子裡！」

胡文進往門那邊瞟了一眼，冬子明白了什麼，躡手躡腳地走過去，打開門，往外面看了看，然後又關上門，回來對他說：「鬼影都沒有一個，你就放心說吧。」

胡文進十分緊張，壓低了聲音說：「我們來到唐鎮，是大錯特錯的事情。如果不來唐鎮，就什麼事情都沒有了。可是，我們唱戲的人，就像浮萍一樣，沒有根，漂到哪裡算哪裡。我們如此辛苦奔波，只是爲了一口飯吃，不敢奢望什麼榮華富貴，這世上，就是這樣不公平。八月十五那天，我們來到唐鎮後，李公公，不，是皇上，他對我們還是很客氣的，我們都以爲碰到了一個好東家，他讓我們吃好住好，還答應給我們豐厚的報酬！我們戲班的班主叫林忠，是一個很好的人，他還和我們說，李家如此厚待我們，我們一定要盡最大的力氣唱好戲，可不能偷工減料。我們都是通情達理的人，你敬我一尺，我們還你一丈，戲班上上下下都充滿了熱情，要把最好的功夫展現給唐鎮人。是的，那個晚上，我們都盡了十二分的力，也博得了唐鎮人的喝采！我們心裡也很高興。那天晚上唱完戲，皇上設宴請我們，很難得有東家和我們這樣的人一起吃飯，而且宴席是那麼的豐盛。

可是，我們萬萬沒有想到，事情會一下子變得不可收拾。我記得酒宴快結束的時候，皇上對我們班主林忠說：『你們是不是可以長久地留在唐鎮？』林忠多喝了兩杯，如果他聽趙紅燕的話，不要那麼高興地貪杯，或許事情不會變得那麼糟。對了，趙紅燕是林班主的新婚妻子，他們相好了幾年，才在夏天結婚。林忠聽了皇上的話，反問他：『你這是什麼意思？』皇上說：『老夫這一生沒有什麼愛好，就是喜歡聽戲，以前哪，也沒有好好地聽過幾場戲，都伺候別人了。所以呀，老夫想，把你們留下來，老夫什麼時候想聽，你們就唱給我聽！老夫包你們衣食無憂，你們也免了四處奔波之苦！你意下如何？』林忠這個人是個好人，平常十分照顧我們，把我們當親兄弟，可是，他的脾氣不好，特別是酒後，更難控制自己的情緒，如果他好好地和皇上說，說不定皇上就放過我們了。林忠聽了他的話後，就把心裡話直說了：『你是要我們單獨爲你一個人唱戲？這恐怕辦不到，況且，我們四處流浪慣了，要在一個地方長久待下去，更辦不到！我不是怕你養不起我們，而是我們不習慣被包養，你就不要打這個主意了！』當時，皇上十分難堪，臉色都變了，我看出他的眼中露出了兇光。皇上冷冷地說：『我現在想辦到的事情，就必須辦到！』林忠的倔脾氣一下就上來了，趙紅燕拉都拉不住他。他衝著皇上吼道：『這事恐怕由不得你，要我們留下來伺候你，沒門！你想都不用想！我們馬上就離開唐鎮！』皇上的手在哆嗦，我感覺到要發生什麼事情，強龍難鬥地頭蛇哪！果然不出我所料，皇上並不是那麼簡單的一個人。只見他從桌子上抓起一個碗，砸在了地上。我們還沒有緩過神來，外面就衝進來十幾個蒙面人，把刀架在了我們的脖子上。皇上湊近了林忠，冷冷地說：『老夫說過了，現在老夫想做什麼事情，沒有人可以攔得住我，順我者昌，逆我者亡，你現在明白了嗎？你現在答應老夫還來得及，你想想吧！』林忠是個刀架在脖子上也不會服軟的人，他憤怒地朝皇上的臉吐了一口唾沫，大聲吼道：『你就是殺了我，我也不會留下來的！我不伺候你這個閹人！』這下眞的把皇上惹惱了，他陰笑著用手帕擦掉臉上的唾沫，揮了揮手，就走了。那些蒙面人就把我們捆了起來，帶到了鼓樂院，我們看著他們把林忠吊死在戲台上……我們知道，這是殺雞給猴看哪，我們還敢再說什麼？只有聽從命運的安排……」

冬子聽完他的講述，臉色蒼白，喃喃地說：「原來是這樣，原來是這樣——」

這時，房間裡陰風四起，彷彿有人在悲戚地喘息。

那該是林忠的喘息。

這個晚上，冬子一直在想，李公公爲什麼會如此殘忍，他的心爲什麼如此歹毒。冬子在床上翻來覆去，就是無法入眠。他甚至想，哪天李公公要是不喜歡他了，會不會把他也吊死在戲台上？……冬子想到了床底下的地洞，他翻身下床，點起蠟燭，鑽進了床下。

冬子進入了地洞。

他往通往未知方向的那個地洞爬過去。

不知爬了多久，他終於來到了地洞的終點。冬子發現頭頂上有一塊木板，他站起來，推了推那塊木板，有點鬆動，他斷定這是一個出口。他想出去，可是很快打消了這個念頭，因爲現在是深夜，出去了會不會有危險？他覺得，此時的唐鎭，危險無處不在！以前不是這樣的，一切都是因爲李公公的到來而改變。李公公不知道會把唐鎭禍害成什麼樣，冬子深深地擔憂。

冬子原路返了回來。

到地洞分岔處時，他看到密室那邊的門縫裡透出亮光，那個密室裡點著長明燈，他什麼時候進來，都可以看見門縫裡透出的亮光。李公公在不在裡面？如果在，他又在幹什麼？冬子的好奇心又驅使他爬了過去。他把眼睛湊在門縫上，往裡面窺視。裡面沒有李公公，也沒有其他人，門縫裡只是透出一股腐朽的氣味。

冬子十分好奇，密室的神龕上供奉的那個紅布蒙著的陶罐裡裝的是什麼?

他伸手使勁推了一下密室的木門，那木門竟然被他推開了，他不明白，爲什麼李公公不在裡面上鎖?也許是爲了從任何一個地方進去都方便吧，這個解釋讓冬子停止了對這扇木門的想像。

密室裡的空氣沉悶，彌漫著腐朽的臭味。

他走到神龕邊，眼睛死死地盯著那個蒙著紅布的陶罐。

冬子伸出了雙手，抱起了那個陶罐。

他的心莫名其妙地顫抖，彷彿陶罐裡裝著某個死者的鬼魂，那個盛裝的雍容華貴的老女人在畫像上冷冷地盯著他，她彷彿是這個陶罐的守護者。

就在這時，冬子聽到身後傳來一聲驚叫：「你給我放下——」

冬子回過頭，睜大了驚恐的眼睛。

第十八章

李公公穿著白色綢緞睡衣潛進了冬子的臥房。他驚訝地發現，冬子不在床上。

李公公十分迷惘，這三更半夜的，冬子會跑到哪裡去呢？他突然想到了什麼東西，彎下腰，往床底下看了看，天哪，這個祕密怎麼被冬子發現了？其實，就算冬子沒發現床底下有個地洞，李公公往後也會告訴他的，只是被他提前發現，李公公覺得不可思議。

冬子一定在地洞裡！

李公公鑽進了床底下，進入了地洞。他看到密室的門洞開，心裡格登了一下，冬子在密室裡幹什麼？

李公公看到冬子抱著那個陶罐，大驚失色，喊叫道：「你給我放下——」

冬子回過頭，睜大了驚恐的眼睛，手一鬆，那個陶罐掉落在地，「叭——」的一聲，碎了。

李公公驚叫著，張牙舞爪地朝冬子撲了過去。

冬子嚇壞了，他從來沒有見過李公公如此張狂，心想，完了，李公公會把自己撕碎的。

李公公沒有撲到冬子的身上，而是撲倒在地上。地上是陶罐的碎片和封口的紅布，還有一個小小的黃布包裹著的東西。李公公的手顫抖地捧起那個小黃布包，老淚縱橫，悲戚地喊叫：「我的寶貝啊，我的寶貝啊——」

冬子呆呆地站在那裡，不知所措。他不知道那是什麼寶貝，可他清楚，那東西對李公公來說是多麼的重要！冬子明白自己犯了一個巨大的錯誤，可以讓李公公絞死他的巨大錯誤。冬子感覺自己的末日即將來臨，此時，誰也救不了他，連同他武藝高強的父親李慈林也無能爲力！

他心裡一遍遍地喊著：「媽姆——阿姐——」

李公公哭得十分傷心，渾身不停地抽搐。

冬子突然又對這個殺人不眨眼的惡魔產生了同情，作爲一個耄耋老人，他如此悲傷地痛哭，一定是到了傷心處，而讓他傷心的人就是冬子！冬子想過去把他攙扶起來，安慰他幾句，可他還是站在那裡一動也不動，什麼話都說不出來。

「我的寶貝喲，我的寶貝喲——」李公公還在不停地哭喊。

冬子毛骨悚然。

李公公有他生命中不合常理的東西，冬子無法理解，包括他的歡樂和悲傷，其實，李公公也是個可憐人，儘管他是那麼可恨。

李公公從地上爬起來，把那被他稱爲寶貝的東西放在神龕上，然後轉過身，哽咽著朝冬子一步一步逼過來。

冬子往後退縮，他的嘴唇翕動著，想說什麼又說不出來。他退到了那幅畫像的下面，再無路可退。

李公公蒼白的臉抽搐著，渾濁的眼睛裡噴出陰冷的火，「你為什麼要毀我的寶貝，為什麼——」

冬子閉上了眼睛。

李公公撲上來，雙手抓住了冬子的頭，往牆上撞去。

冬子發出一聲撕心裂肺的慘叫。

「啊——」李公公的手鬆開了，他看著冬子的身體癱軟下去，還看到了血，從冬子的後腦勺上流出的鮮血。他呆呆地站了一會，然後蹲下來，抱著冬子流血的頭，喃喃地說：「我怎麼能這樣，怎麼能這樣，孫兒，我的孫兒，我不應該這樣，不應該——」

冬子腦袋嗡嗡作響，後腦勺劇烈地疼痛。他企圖從李公公的懷裡掙扎開去，可渾身癱軟無力。

李公公會不會把自己殺了？冬子迷茫又驚恐。此時，他多麼希望姐姐李紅棠能夠帶自己回家。

李公公用一塊布給冬子包紮傷口。包紮傷口的過程令冬子的心漸漸平靜下來，他認為李公公並不會殺死自己，如果他要殺死自己，是不會替自己包紮傷口的。相反的，冬子還感覺到，李公公還有慈愛的一面。

李公公坐在地上，抱著冬子。他伸出冰冷的手在冬子的臉上輕輕撫摩。

冬子閉上了眼睛，不想看到李公公憂傷而痛苦的臉。李公公的眼神淒涼，落下了淚水，淚水滴在冬子的臉上。他用手抹去掉落在冬子臉上的淚水，就像是抹去自己臉上的淚水。

李公公長長地嘆了口氣。他用一種哀傷的語調說：「孫兒，你知道那寶貝對我多麼重要嗎？它是我的命根子哪！如果沒有了它，我的魂就沒有了，我死後就不能超生了哪！也不能去見列祖列宗了！你不能毀了它呀！」

李公公抹了抹眼睛。冬子睜開了眼睛，看著他。

冬子突然問：「你說的寶貝是什麼？」

李公公說：「那，那是……」

李公公就一五一十地把自己被閹割以及進宮當太監的事情告訴了冬子。敘述的過程中，冬子感覺到了他聲音和身體的顫抖，感覺到了他扭曲的靈魂和沒有歸依的孤獨心靈。

李公公說：「孫兒，我的心裡像黃連一般苦哇，世間有幾人能夠理解！我們這些閹人，無論你在宮裡能否得到恩寵，是否出人頭地，還是受人白眼，遭人蔑視，沒有尊嚴，做人的尊嚴！我曾經娶過妻室，希望能夠有個人和我相互依靠，可是……我殺了她，親手殺了她！她不能給我帶來安慰，卻一次次地撕開我內心的傷口。我，我本不想殺她的，是她，她……我不能過正常人的生活，活一天就是多一份折磨，我經常會無緣無故地哭泣，會為一點小事無故發火，發怒時又會突然火氣全消，喜怒無常。我看到比自己強的人便會搖尾乞憐，卑躬屈膝地去迎合，我是多麼的自卑和軟弱！我生不如死地過了一生哪！」

說到最後，李公公哽咽了。

冬子的心像是被什麼擊中，他伸出手，摸了摸李公公的手。這個細微的動作讓李公公百感交集，多年來，沒有人這樣摸他的手。

李公公的眼睛裡出現了一點光亮，「孫兒，你理解我嗎？」

冬子微微地點了點頭。

李公公說：「現在好了，好了！在我孤獨的時候，有你陪伴我，看到你，我的心裡就有了安慰。孫兒，你答應我，和我相依爲命，不要離開我，千萬不要離開我！」

冬子突然說：「你爲什麼要當皇帝？」

李公公愣了一下。接著，他狂笑起來。

李公公的狂笑聲使冬子打了個寒噤。

狂笑過後，李公公一掃剛才的悲傷，目光中冒出了烈火，「孫兒，老夫當皇帝了，就不會有人說我是閹人了！就沒有人敢用冷眼瞧我了！就有尊嚴了！放眼唐鎮上下，都得朝我跪拜，都得服從我的意志！我是他們的主子，不是那個逆來順受、低眉順眼的太監了！孫兒，你說，我爲什麼不當皇帝！」

冬子幽幽地說：「你爲了自己的尊嚴可以當皇帝，可是，爲什麼你要燒人家的房子？爲什麼要殺那麼多的人？難道他們就沒有尊嚴？難道爲了你一個人的尊嚴，就可以犧牲那麼多人的尊嚴和性命？」

李公公愣住了。

他沒有想到頭靠在自己臂彎裡的這個孩子，會說出這樣的話語。

這完全不是孩子的語氣。可這話偏偏就從這個孩子的口中說出來了。

李公公能不驚愕？

李紅棠抱著奄奄一息的上官文慶回到了唐鎮。

她神情疲憊地來到東門口時，發現城門緊閉。她不明白，爲什麼天還沒有擦黑，城門就關起來了。唐鎮發生了太多事情，他們一無所知。可李紅棠還是聞到了一股血腥味，從厚重的城門的縫隙中滲透出來。

上官文慶睜開了無神的眼睛，李紅棠微笑地說：「文慶，我說過要把你帶歸家的，現在我們已經歸來了。你不要怕，我抱著你呢，不會放手的。」

上官文慶微微地張了張嘴，好像在說什麼，卻發不出聲音。

李紅棠還是微笑地柔聲說：「文慶，你不要說話，節省體力，你會恢復的，你永遠是我們唐鎮的活神仙。」

上官文慶把眼睛閉上了，臉上十分安詳。

李紅棠大聲地喊：「開門，開門——」

有個兵丁在城樓上看到了她，十分吃驚，趕緊下來給她開了城門。李紅棠走進唐鎮後，人們紛紛朝她投來驚詫的目光。許多人以爲她懷裡抱著的是個孩子，她走的這些天裡就生下了一個孩子？那些知道她懷裡是誰的人，也覺得不可思議，上官文慶怎麼會被她抱著回來，這到底發生了什麼事情？李紅棠的目光十分堅定，松樹皮般蒼老的臉上毫無表情，這更加讓唐鎮人膽寒。李紅棠徑直走到了上官文慶的家門口。

上官文慶家的門楣上掛著一個白燈籠，白燈籠上面寫著一個「喪」字，李紅棠心裡湧過一陣酸楚，她知道，他家裡死人了。這時，從裡面走出了上官文慶的姐姐上官文菊，她看到他們，就像見到瘟神一樣，趕緊把門關上了。

李紅棠在門外說：「阿姐，我是送文慶歸家來的，他病得很厲害——」

上官文菊說：「紅棠，你把他帶走吧，我媽姆已經被他剋死了，我們不想讓這個災星再進家門了！你隨便把他扔在哪裡，讓他自生自滅吧！」

李紅棠說：「阿姐，文慶不是災星，他是個好人！你開開門，讓他歸家，好嗎？」

上官文菊說：「紅棠，你把他弄走吧，打死我也不會開門讓他進來的！」

上官文慶的淚水湧出了眼眶。李紅棠無語，默默地抱著他回自己家去了。

病倒在床上的上官清秋聽到了女兒說的話，喊道：「文菊，文菊——」

上官文菊走進父親的臥房，關切地說：「爹，你怎麼啦？是不是哪裡又不舒服了，我給你捶捶背吧！」

上官清秋說：「我不要你給我捶背，我只問你一句話，你是不是把文慶給趕走了？」

上官文菊說：「哪裡來的文慶呀，我看他是不會回來了！」

上官清秋怒道：「你胡說！我還沒有病到連話都聽不清，我分明聽到你說文慶是災星！我看你才是災星！他無論如何也是你的親弟弟呀！」

上官文菊說：「這話不是你說的嘛，你還說是他把媽姆剋死的。」

上官清秋嘆了口氣說：「是我說的，我承認我說錯了，可以嗎！你趕快去給我把他找回來，找不回來，你就不要來見我了，讓我一個人死在家裡好了！」

上官文菊無語，不明白為什麼一生都討厭兒子的父親怎麼突然關心起他來了。

上官清秋叫喊道：「你還不快去——」

上官文菊只好出門去了。

上官清秋躺在床上，老淚縱橫，「都怪我呀，月娘，我沒有盡到一個父親的責任，要不是我對他漠不關心，他也不會走，你也不會這麼早離開我，我心裡明白，你是哭死的，爲了文慶哭死的呀！」

那個寒冷的清晨，朱月娘去尋找上官文慶，她從積雪下刨出死人骨頭驚惶回家後，就臥床不起了。上官清秋一開始還不以爲然，因爲鄭老郎中也來看過，說是受了風寒，吃幾副中藥就能好。他還責備她，「誰讓你那麼早就出去找那個災星了？啊，現在病倒了，你知道厲害了吧！我看你就是不想讓我過幾天安穩的日子！」

朱月娘只是默默流淚，什麼話也不說。沒幾天，朱月娘就瘦成了皮包骨，什麼也吃不下去，連那治病的藥湯，灌下去又吐出來。

鄭老郎中再次來到上官家，給朱月娘把完脈後，大驚，「不可能，不可能！怎麼這麼快——」

上官清秋明白了什麼。

果然，鄭老郎中臨走時留下了一句哀傷的話，「準備後事吧——」

在此之前，上官清秋沒覺得朱月娘有多重要，可當他知道她要死後，突然發現自己即將失去一生中最寶貴的東西。他變得惶恐不安，沒日沒夜地守在她的身邊。

朱月娘死之前的那個晚上，不停地說著這樣的話，「不，那不是文慶的骨頭，不是……是，那是文慶的骨頭，文慶死了，變成骨頭了……可憐的文慶，媽姆陪你去了，文慶，你來接我……」

上官清秋緊緊地握著朱月娘的手，流著淚說：「月娘，你不會死的！文慶也會歸家的！月娘，你不能死，你不能就這樣拋下我，你還要給我做飯，這一輩子，我就喜歡吃你做的飯，只有你給我送來的飯，我吃得才香，才舒坦！你不能走，你走了，就沒人管我了，我怎麼辦？月娘，這些年來，多虧了你，沒有你，這個家就散了！我不該恨你生了文慶，也不該那樣對待文慶，我有罪啊！你不能死，月娘，等文慶歸來，我們好好地過日子，我再不會像從前那樣對待文慶了……」

上官清秋的悔悟已經晚了。

那個清晨，形容枯槁的朱月娘睜開了雙眼，對他說：「清秋，我要走了，你要好好待文慶，等他歸來，多給他點溫暖，這孩子一生受盡別人的白眼和凌辱，你要讓他活得像個眞正的神仙。我不能再陪你了，來世有緣的話，再做夫妻吧……」

上官清秋淚流滿面，這個鐵匠知道她是回光返照了，哽咽地說：「月娘，我答應你，答應你——」

朱月娘喘了幾口粗氣，就閉上了那雙一生不知流了多少淚的眼睛。

朱月娘死後，上官清秋眼中的世界突然就改變了，他不想去鐵匠鋪，也不再得意地端著李公公賞給他的那個黃銅水煙壺到處炫耀。他甚至找到了胡喜來，對他說了聲「對不起」。在那段日子裡，沒日沒夜打鐵的聲音吵得胡喜來快變成瘋子，還害死了他的兒子。這是上官清秋的過錯。現在，他覺得一切都不重要了，在死亡面前，一切是那麼不值一提！那個晚上，上官清秋夢見了朱月娘，朱月娘一直拉著他，對他說：「這一輩子你沒好好陪我，現在來陪我吧，來吧——」

從那以後，上官清秋就病倒在床上，連爬起來的力氣也沒有了。

上官清秋躺在眠床上想，上官文菊出去有多久了？她會不會把上官文慶帶回來？上官清秋心裡十分清楚，自己的兩個女兒對上官文慶都恨之入骨，都說朱月娘是他害死的！其實，她們對上官文慶的恨還有另外一個至關重要的原因，那就是鐵匠鋪的這份產業，她們不想在上官清秋死後落入上官文慶手中！這是多麼惡毒的打算！上官清秋自言自語道：「你們不好好對待文慶的話，你們將什麼也得不到，我就是送給外人，也不會給你們！」

這些天，李家大宅裡並不寧靜，每個進出這裡的人都神色詭異，各懷心事。

冬子的頭受傷之事，在李家大宅也掀起了不小的波瀾，私下裡都在嘀嘀咕咕，猜測著他受傷的眞相。還有王海榮的自殺，也在人們心中投下了陰影。其實，冬子的受傷和王海榮的自殺，不是他們最大的心病，他們最擔心的，就是那個從雨來客棧神祕消失的陌生人。

每天上早朝的時候，李公公都會神情怪異地重點提這件事情。

這天也不例外。

李公公剛剛坐在他的寶座上，坐在大廳兩邊太師椅上的王公大臣們就站起來，來到大廳中央，列隊站好，然後齊刷刷地跪下，高聲呼喊道：「萬歲，萬歲，萬萬歲——」

此刻，李公公心潮澎湃，異常激動，眼睛裡燃燒著熊熊烈火。也只有在這一刻，他才眞正感覺到自己是個君臨天下的皇帝，這種感覺讓他的心理得到了充分的滿足，這和那個太監的角色截然不同，他再也不是太監了，再也不是了！李公公希望這樣的日子能夠無限地延續下去，不會受到任何外力的動搖。

李公公高高在上，用皇帝的腔調說：「眾愛卿平身！」

眾人齊聲說：「謝皇上——」

大家坐回自己的位置，開始議事。

今天，朱銀山有個提議。他站起來，面對著李公公說：「承蒙皇上的洪福，舉國上下，風調雨順，百姓安居樂業。可有一事，值得警惕哪！」

大家都盯著他，這個傢伙溜鬚拍馬的一流工夫是眾所周知的，可他今天說出這樣的話，不知道他葫蘆裡賣的是什麼藥。

李公公笑了笑說：「什麼事情值得警惕？」

朱銀山說：「回稟皇上，近來臣發現了一個問題，就是唐鎮現在賭博的人越來越多，賭博的危害大家都曉得，那些輸光了的賭徒什麼事情都幹得出來，輕則小偷小摸，重則殺人越貨，對我們唐鎮國可沒有好處。臣的意思是請皇上頒布個法令，嚴禁賭博，對那些濫賭者嚴懲不貸！」

李公公馬上接著說：「朱愛卿的這個提議很好，准奏！此法案就由朱愛卿辦理吧！眾愛卿都應該效仿朱愛卿，多為朕分憂，為社稷著想！」

朱銀山得意地坐回了他的位置。

李公公突然想起了什麼，「對了，慈林愛卿，那個江洋大盜的事情怎麼樣了？」

李慈林站起身，走到大廳中央，朝李公公跪下，「回稟皇上，臣罪該萬死！」

李公公的臉色變得晦暗，目光陰冷，「此人可是事關重大，如果抓不住此人，後果不堪設想！你下去一定要親自辦理此事，早日把那個江洋大盜捉拿歸案！」

李慈林心想，事情都過去幾天了，那個陌生人也許早就逃了，他知道我們要抓他，還留在唐鎮幹什麼，他就是逃出了唐鎮，也不一定會報告官府，就是報告官府又如何，兵來將擋，水來土掩！怕他個屌！

想歸想，李慈林還是這樣說：「皇上，您放心，臣一定照您說的辦！」

退朝後，李公公又回藏龍院畫像去了。

那些王公大臣也嘻嘻哈哈地走了。

李慈林臉色陰沉地找到了李騷牯，踹了他一腳，惱怒地說：「狗屌的東西！一開始就讓你給老子把人盯死了，你卻讓他跑了，你幹什麼吃的！老子說了你多少遍了，做事情要上心，不要成天就想著看女人的屁股！你曉得老子因爲這事，多丟面子嗎！你害得老子好苦哇，老子怎麼就瞎了狗眼，收了你爲徒呢！」

李騷牯心裡十分委屈，又不敢反駁他，只好點頭哈腰地說：「丞相，小的該死，該死！」

李慈林又踹了他一腳，惡狠狠地罵道：「你要是不把那王八蛋給老子抓回來，你就像王海榮那樣去死吧！」

提起王海榮，李騷牯一肚子氣，因爲王海榮的死，王海花又悲傷又生氣，已經好幾個晚上拒絕和他同房了。李騷牯心裡說：「王海榮還不是被你逼死的，現在又要逼我去死了，李慈林，老子替你做了多少見不得人的事情，你還對我如此狠毒！把老子惹火了，就到縣衙裡去告發，要死大家一塊去！」

李騷牯怎麼也想不到，自己眞的離死不遠了。

李紅棠把上官文慶抱回自己家後，就一直沒有出門。

她回到家後，發生了一件事情。

她把上官文慶抱上了閣樓，那時，天已經完全黑了，閣樓裡黑漆漆的一片。她想把上官文慶放到床上後，再點燈。李紅棠還沒有摸到床邊，就有什麼冰涼的東西貼在了她的脖子上，然後，她聽到一個陌生男人低沉的聲音，「別動，你要是動一下，我就殺了你！」

李紅棠此時一點也沒覺得害怕，淡淡地說：「你殺死我好了，我這樣活著也沒什麼意思。」話音剛落，脖子上冰涼的東西就離開了。

她又聽到男人低沉的聲音，「姑娘，你別怕，我不是壞人。」

李紅棠把上官文慶放在了床上，嘆了口氣說：「你是好人也罷，壞人也罷，和我都沒有任何關係。」說著，李紅棠摸黑點亮了燈。她看到一個長著一雙暴突牛眼的陌生中年男子提著刀，站在自己面前。

牛眼男子看到她松樹皮般蒼老的臉，異常吃驚：「聽你的聲音是個年輕的姑娘，可是你——」

李紅棠淒慘地苦笑道：「年輕也好，蒼老也好，這都是我的命，我抗不過命的！我不想問你爲什麼會藏在我家裡，我只想告訴你，我現在歸家了，你可以走了。」

牛眼男子說：「對不起，我馬上走，馬上走！」

李紅棠看他要下樓，嘆了口氣說：「我看你也有難處，現在走也許會有麻煩，你要是願意，就留下來吧，樓下還有一個房間，沒有人住，你可以住在那裡，你什麼時候覺得安全了，再走也不遲。」

牛眼男人感激地說：「你眞是個心地善良的女人，好心會有好報的！」

李紅棠淡淡一笑，「但願如此！」

阿寶吃晚飯時聽父親張發強哀嘆著說李紅棠回家後，馬上就放下碗筷，朝門外奔去。

他站在李紅棠的家門口，敲著門，喊叫道：「阿姐，阿姐——」

過了一會，他聽到了李紅棠柔美的聲音，「是阿寶嗎？」

阿寶激動地說：「阿姐，是我，是我！阿姐你好嗎？」

李紅棠說：「阿寶，我很好，你不用擔心。」

阿寶十分奇怪，爲什麼李紅棠不開門讓自己進去，要是往常，她早開門讓他進去了。阿寶心裡有些難過，「阿姐，我想看看你，好嗎？」

李紅棠說：「阿寶，聽話，快歸家去吧，等有時間，我再讓你到家裡來，做好吃的給你吃。」

阿寶低下了頭，心裡充滿了憂傷，這無邊無際的憂傷到什麼時候才是個盡頭？在這灰暗的歲月裡，阿寶已經喪失了他這個年齡特有的天眞和快樂。

唐鎭的這個深夜，剛開始時是那麼的平靜，連一絲風也沒有，那些土狗也無聲無息，像被催眠了。月亮掛在沒有一絲雲的天上，靜穆地俯視蒼茫的大地。李家大宅也靜悄悄的，那些兵丁如鬼魂般地在裡面無聲無息地遊動。

李騷牯一直站在浣花院的圍牆外面，月光把他的身影拖得很長。

李慈林吩咐過他，在沒有抓到那個陌生人之前，晚上不能離開李家大宅，要加強警戒，自己卻跑到浣花院去和那個叫趙紅燕的女戲子睡覺，李騷牯心裡特別氣憤和嫉妒。人和人眞的不一樣？爲什麼李慈林就比自己高出一頭呢，什麼好事都讓他占了？李騷牯嘆了口氣。

今天怎麼沒有聽到浣花院裡傳來女人的哭聲。每次聽到女人的哭聲，就知道李慈林又在凌辱趙紅燕了，李騷牯心裡就一陣陣地抓狂，恨不得翻牆進去，把李慈林一刀剁了，然後把趙紅燕帶走。想是那麼想，就是沒有那個膽量，他還是十分懼怕李慈林的。

聽不見女人的哭聲，李騷牯的內心更加難熬。

門。

趙紅燕是不是順從李慈林了，不哭不鬧了？李騷牯想起趙紅燕美貌的容顏，雪白柔嫩的肌膚，便蠢蠢欲動，欲火焚身。越是這樣，他就越恨李慈林，越覺得李慈林不是個東西。欲火和怒火，這雙重火焰燒得他的頭腦昏昏乎乎的。他突然想，憑什麼你李慈林可以摟著女戲子睡覺，我就要在李家大宅裡守夜！這太不公平了！想著想著，他就不顧一切地走到大門口，讓守門的兵丁打開了大門。

兵丁問：「李將軍，你這是去哪呀？」

李騷牯訓斥道：「你問那麼多做什麼，看好你的門，要是有什麼閃失，我砍了你的狗頭！」

兵丁吐了吐舌頭，不敢多嘴了。

李騷牯走出李家大宅的大門，大門很快被關上了。大門關上的一剎那，李騷牯腦海裡突然覺得不妙，這個理智的想法瞬間就被雙重火焰焚滅。他想到了老婆王海花，咬著牙說：「今天無論怎麼樣，都要你和老子睡覺！老子實在憋不住了！」

他飛快地走出興隆巷，朝碓米巷自己的家裡奔去。走到碓米巷巷子口時，他突然放慢了腳步，回頭望了望，小街鬼影都沒一個，只有月光的清輝灑滿鵝卵石街面。

就在這時，李騷牯覺得有人在他耳垂邊吹了口涼氣。耳邊傳來一聲女人的冷笑，李騷牯渾身打了個寒噤，然後傻傻轉過身，殭屍般朝青花巷飄過去，雙腳彷彿浮在地面上。

他進入了清幽的青花巷，不一會就飄到了沈豬嫲的家門口。一陣陰風過後，沈豬嫲的家門無聲地洞開，李騷牯就飄了進去……

王海花這些天晚上都失眠，因爲王海榮的死，她又悲傷又自責。她總是想，如果自己不要那樣對待他，他也許就不會去死了，一個人要去死，要下多大的決心，正是她使王海榮下了自殺的決心，她負有不可推卸的責任！她就是個殺人犯，而她殺死的是自己的親弟弟，這是多麼殘忍的事情！

這個晚上，王海花卻沉沉地睡去了。

可她還是從噩夢中驚醒。王海花夢見渾身是血的王海榮哭著跪在她的面前，淒厲地喊叫：「阿姐，救我，救我，救救我——」很多人說，噩夢醒來是早晨，王海花從噩夢中醒來時卻是寂靜的深夜。她渾身汗淋淋的，覺得特別冷，從皮膚一直冷到內心。她想，此時要是李騷牯在，那她會好受些，也不會如此的恐懼和寒冷，他是不是因爲這些天沒有和她同房，心生怨氣，故意不回家來了，或者，他在外面有了姘頭？想到這裡，王海花心裡酸酸的，怨恨地說：「李騷牯，如果你眞的在外面有了別的爛女人，我就剪斷你的子孫根！」

這時，王海花聽到了一聲女人的冷笑。

她驚叫道：「誰——」

臥房的門突然被打開了，一股冷風透了進來，王海花渾身一激靈，像中了什麼邪，癡癡地下了床，外衣也沒穿，只穿著睡衣睡褲飄了出去……王海花也飄進了沈豬嫲的家裡。當她站在沈豬嫲的床前時，突然清醒過來了，看到了李騷牯和沈豬嫲那不堪入目的一幕。王海花受到了強烈的刺激，狂叫一聲衝了出去！她的那一聲狂叫，撕破了這個夜晚的寧靜！

李騷牯也突然清醒過來，愣愣地看著滿面桃花的沈豬嫲，喃喃地說：「我怎麼會在你這裡，我怎麼會在你這裡——」

沈豬嫲嬌笑著說：「騷牯，快來呀，快來呀，不要停下來——」

李騷牯惡狠狠地罵了聲，「臭婊子！」接著，他揚起手，在她桃花燦爛的臉上狠狠地摑了一巴掌……

李騷牯心裡充滿了恐懼。

爲什麼會這樣？

他倉皇地往家的方向奔走，他要向老婆王海花解釋清楚，否則以後家裡就雞犬不寧了，他不希望因爲這事，毀了自己的家庭。他本以爲回家後，王海花會和他大吵大鬧，沒想到，王海花竟然笑臉相迎，彷彿什麼事情都沒有發生過一樣。

李騷牯滿臉通紅，心裡忐忑不安。

王海花端了杯茶遞給他，「騷牯，你喝多了嗎？臉這樣紅！」

李騷牯慌亂地接過那杯茶，迫不及待地喝了一口，企圖用茶水緩解自己緊張的情緒，沒想到茶太燙了，剛剛喝進嘴裡就噴了出來，燙得他的舌頭火辣辣地痛。

王海花嬌嗔道：「莫急，莫急，慢慢喝。」

李騷牯實在受不了了，說：「海花，對不起，我本來想回家來的，可——」

王海花笑著說：「你有什麼對不起我的呀，應該是我對不起你，沒有讓你滿足，你才會在外面偷腥。我不怪你，眞的不怪你，你是老公，你遲早會歸家的，你這不是歸來了嗎，證明你心裡還是有我的！」

李騷牯十分感動，把茶杯放在桌子上，握住她的手說：「海花，你眞是我的好老婆！」

王海花順勢倒在了他的懷裡，伸出手在他的大腿上輕輕地摸著，然後摸到了他的褲襠裡。李騷牯緊緊地抱住了她。

王海花輕聲說：「騷牯，上床吧，今夜我給你，讓你弄個痛快！」

說著，她不知哪來的那麼大力氣，把他抱到了床上。

李騷牯要脫自己的衣服。

王海花說：「騷牯，你別動，我來給你脫，我會好好伺候你的。」

王海花幫他脫光了衣服，又脫光了自己的衣服。她趴在他的身上，親吻著他的脖子，又親他的耳垂，她的手在他的腹下輕輕地撫摸……李騷牯感覺舒服極了，他從來沒有如此享受過，稍微有點遺憾的是，王海花的嘴唇和手都冰涼冰涼的，和往常不一樣。

王海花突然坐起來，伸手從枕頭底下摸出一把剪刀，獰笑著盯著他。

「啊——」李騷牯驚叫了一聲，然後睜大驚恐的眼睛，嘴巴也久久沒有合上。

他看到的不是老婆王海花的臉，而是另外一個女人的臉。

這張女人的臉他死也不會忘記。他眼前浮現出這個女人驚懼的神情！

女人陰森森地說：「李騷牯，你也有今天！」

李騷牯企圖掙扎，卻動彈不得，身體像塊凝固的石膏。

他囁嚅地說：「三娘，你饒了我，饒了我呀——」

朱銀山在那個晚上被殺的小老婆就叫三娘。

三娘冷笑了一聲便消失了。

李騷牯又看到了老婆王海花的臉。

王海花憤怒地說：「你這個沒有良心不知廉恥的狗東西，連沈豬嫲那樣的爛貨你也要！」

說著，她手中的剪刀放到了他的子孫根上。

李騷牯渾身是汗，喊叫道：「海花，不要——」

王海花狂叫了一聲，「我要讓你變成李太監——」

只聽咔嚓一聲，李騷牯的子孫根就被剪斷了。

這個深夜在李騷牯殺豬般的嚎叫中躁動起來。唐鎮人都聽到了他殺豬般的嚎叫。可誰也沒有出門，只是躲在門後面，透過門縫，或者在閣樓上，悄悄地打開窗，看著赤身裸體雙手摀著血淋淋下身的李騷牯在唐鎮的街巷上奔走呼號。

李騷牯跑到了鄭士林老郎中的家門口，大聲喊叫：「鄭老郎中，救我，救救我——」

鄭士林家裡一點動靜也沒有，門緊閉著，久久沒有打開的跡象。

天上的月亮充滿了血色。

鮮紅的月亮像一面塗滿了鮮血的鏡子，令唐鎮人驚懼。

李騷牯絕望了，狂叫著，朝西門奔去……

第十九章

天蒙蒙亮，李慈林帶著兵丁來到了西城門底下。

他朝守城門的兵丁吼道：「快給老子把城門打開！」

守城的兵丁趕緊打開了城門。

李慈林又吼道：「李將軍跑哪裡去了？」

那兵丁渾身哆嗦，「小的不曉得，李將軍讓我把門打開後，他就跑出去了。丞相，你看，地上有李將軍的血跡，根據血跡應該可以找到他。」

守城門兵丁的話不無道理。

李慈林帶著兵丁循著血跡而去。

一路上，李慈林心裡十分沉痛，要是李騷牯有什麼三長兩短，那麼他就失去了一個不可多得的好幫手，他爲自己經常訓斥李騷牯而感到後悔。要不是王海花天還沒亮就到李家大宅門口哭喊，他還不知道李騷牯出事了。究竟出了什麼事，他也沒有問清楚，王海花已經是瘋癲狀態。李慈林顧不了許多，最要緊的是找到李騷牯，找到他後一切眞相都會顯現。

他們一直走到唐溪的小木橋上。過了小木橋，又一直順溪流而下，最後來到了枯草萋萋的野草灘。

春天其實已經悄悄來臨，野草灘的枯草下面，已經冒出了草的嫩芽。站在此地，李慈林心裡一陣陣發冷，臉皮上也起了雞皮疙瘩。

兵丁們在枯草叢中找到了赤身裸體的李騷牯。他們找到的不是個活人，而是死人！

李騷牯灰褐色的屍體靜靜地蜷縮在枯草叢中，身體裡的血已經流乾，綠頭蒼蠅撲滿了他的下身，嗡嗡作響，野草灘上彌漫著一股濃郁的屍臭。

最讓李慈林驚駭的是，李騷牯額頭上貼著一張畫滿符咒的黃裱紙。

李慈林想起來了，這張黃裱紙是當初貼在被他們在五公嶺上殺死的那兩個外鄉人額頭上的其中一張。

那麼，另外一張畫滿符咒的黃裱紙呢？

李騷牯死後，唐鎮人心惶惶。

有傳聞說，是李騷牯假扮劫匪搶劫了朱銀山家，李騷牯見朱銀山的小老婆三娘美貌，心生歹意，強姦了三娘。三娘在掙扎中抓下了蒙在李騷牯臉上的黑布，他見形跡敗露，爲了滅口就殺了三娘。三娘的冤魂不散，爲了報仇，附在王海花身上，剪掉了他的子孫根，血盡人死亡……這個傳聞在唐鎮祕密流傳著，沒有人敢在大庭廣眾之中說出來，害怕會突遭橫禍。

傳聞再隱祕，也會傳到李家大宅裡去，就像紙包不住火。

李家大宅藏龍院的一間密室裡，李公公、李慈林和朱銀山三人圍著一個八仙桌，坐在那裡說話。

李公公用怪異的眼神審視著朱銀山，「關於李騷牯搶劫殺人的事情，你聽說了嗎？」

朱銀山低著頭說：「回稟皇上，臣聽說了。」

李公公試探性地問道：「那你信嗎？」

李慈林用鷹隼般的目光盯著朱銀山。

朱銀山如坐針氈，囁嚅地說：「臣不相信。」

李公公陰惻惻地笑了笑，「不信就好，簡直是一派胡言！慈林，你要好好查一下，一定要找出這個製造謠言的人，以正視聽！」

李慈林陰沉地說：「皇上放心，我會查出這個人來的！」

李公公說：「你們看看，有沒有什麼懷疑的對象？」

朱銀山說：「會不會是李駝子造的謠呢？此人一向對皇上不敬，皇上登基大典那天，讓他掛紅燈籠，他不掛；請他來參加宴會，也不來；那天晚上，李將軍帶人去搜查江洋大盜，他也不配合……我看他的嫌疑最大！說不準那個江洋大盜也是他藏起來了！」

李公公瞟了李慈林一眼，「慈林愛卿，你說呢？」

李慈林說：「回稟皇上，這事情不太好說，李駝子那個人我瞭解，他從來都是這樣怪里怪氣的，要說他會造這個謠，我看未必！我想會不會是沈豬嫲，這個人是唐鎮第一號的碎嘴婆，那張爛嘴巴一天不造謠，就會死一般！如果被我查出來是她，我要割了她的舌頭！」

朱銀山說：「可是，自從上次在土地廟前收拾過她，她老實多了。」

李慈林說：「屁！狗改不了吃屎，她要能改，母豬也會上樹！」

李公公說：「你們不要爭了，好好查查，查出是誰，絕不姑息！否則就亂套了！」

李慈林說：「皇上放心！我一定查個水落石出！」

朱銀山沒有說話。

李公公說：「你們是我的左膀右臂，你們可是要團結一心啊！近來唐鎮不太安穩，你們一定要以社稷爲重，好好做事，什麼事情都馬虎不得，出點什麼紕漏，就有可能覆水難收！這可關係到整個唐鎮人的身家性命哪！所以，開不得半點玩笑！我們走到這一步，想回頭都難了，明白嗎？」

李慈林說：「明白！」

朱銀山也說：「明白！」

李公又說：「李騷牯死了，可惜哪！他可是個忠心耿耿的人，以後你們對他的家屬要多照顧一點，要保證他一家人衣食無憂！我看，在沒有找到合適人選之前，御林軍還是由慈林愛卿兼管吧！」

冬子鬱鬱寡歡。

他很想回家去看看姐姐到底怎麼樣了，也不知道她找到母親沒有。他心裡總是牽掛著姐姐和母親。他希望姐姐的病好起來，也希望母親能夠在春天來臨之前回到唐鎮，那樣，他拚死也要走出地獄般的李家大宅，和她們在一起無憂無慮地生活！他也想和阿寶出去玩，春天很快就要來臨，柳樹的枝條返綠的時候，河灘上到處都是學飛的小鳥。他多麼希望自己是一隻自由的鳥，無拘無束地在天空中飛翔。

李公公在他心裡是個惡魔，又是條可憐蟲，他那麼殘忍，卻並沒有因爲當了皇上而快樂，相反的，他一天比一天恐懼和不安，原來保養得很好的臉皮也起了皺紋。

冬子不明白他爲什麼放著好好的生活不過，非要當什麼狗屁皇帝。

冬子心裡對他又厭惡又憐憫。

每次見到他，冬子就反胃，想吐。特別是他在夜裡摸進冬子房間的時候，冬子就覺得自己生不如死，他走後，冬子就會趴在馬桶上狂吐不已，連胃都差點要吐出來。冬子日漸消瘦，紅潤的臉也日益黯淡，擔心自己會不會像姐姐那樣，變成一個小老頭。

冬子對那個天天教他念《三字經》的余老先生也討厭到了極點，他總是想，天天念「人之初，性本善」有什麼用處，如果這個老頭再用戒尺打自己的手心，就再也不理他了，這老頭不就爲了看戲嗎，卻如此折磨自己！冬子很不喜歡陪他們在鼓樂院看戲，因爲他看到戲台上不是唱戲的戲子，而是吊在梁上長長地吐出舌頭的林忠。或者說，趙紅燕她們不是在唱戲，而是在爲林忠哭喪！這些感覺壓抑著他的心靈，經常讓他透不過氣來。李公公和余老頭他們卻看得津津有味，他們的快感究竟從何而來？

在李家大宅裡，唯一讓冬子覺得有意思的是，每天有些時間和胡文進在一起。不是因爲他給姐姐畫了頭像，而是他每天都會給冬子講戲班在流浪過程中發生的許多趣事，包括各地的風情。胡文進講這些時，眼睛裡會閃爍著金子般的光澤，他在緬懷過去光輝歲月的同時，也給自己的心靈找一絲安慰。冬子清楚，他心中同樣有一種渴望，渴望自由和快樂的生活，而他和冬子都一樣是李家大宅的囚徒！

冬子沒有料到，在一個月黑風高的晚上，他和胡文進的命運都會被改變。

因爲一個人，一個貿然闖進唐鎮的陌生人。

那同樣是一個讓人輾轉難眠的夜晚。風在窗外呼嘯。突然，李家大宅裡響起了嘈雜的喊叫聲，「有刺客，有刺客——」

冬子也聽到了外面的喧囂。

誰是刺客？這個刺客要刺殺誰？

冬子心裡怦怦亂跳，好奇心促使他想出去看個究竟，冬子剛剛把門閂打開，門就被推開了，閃進來一個黑影，那個黑影趕緊把門重新閂上，低聲對吃驚的冬子說：「孩子，你不要怕，我不是壞人！」

冬子呆呆地望著他，此人用黑布蒙著面，一身黑色的短打裝束，手提一把寒光閃閃的腰刀，渾身上下最讓人能夠記住的就是那雙暴突的牛眼。外面院子裡已亂成了一鍋粥，喊叫聲和腳步聲敲打著冬子敏感的神經。冬子緩過神，輕聲地問他：「你就是那個刺客？」

牛眼男人說：「孩子，我不是刺客，我只是來找人的。」

冬子說：「那你找到人了嗎？」

牛眼男人沉痛地說：「我要找的人都死了，都被殺死了！你知道嗎，他們都是無辜的人，本不該死的！」

冬子喃喃地說：「爲什麼會這樣？」

牛眼男人說：「因爲邪惡統治了唐鎮。」

冬子用迷離的目光凝視著他暴突的牛眼，這眼睛裡有股殺氣，彷彿也有種人間正義。

這時，門外的廳堂裡湧進了許多人。

李慈林大聲喊叫：「我去保護皇上！其他人給我搜！」

冬子心裡捏著一把汗。

牛眼男人心裡也捏著一把汗，靠在門邊，手中緊緊地握著鋼刀，隨時準備和衝進來的人拚命。

他不時地用複雜的目光瞟著冬子。

他突然輕輕說：「你叫冬子？李紅棠是你的姐姐？」

冬子點了點頭，「你不要說話！」

廳堂裡傳來了李公公和李慈林的說話聲。

李慈林關切的聲音，「皇上，您沒事吧？」

李公公的聲音有些顫抖，「朕沒、沒事！怎麼搞的，把刺客放進來了？朕早就交代過你們，要注意防範，你們對朕的話置若罔聞！刺客跑哪裡去了？」

李慈林說：「回稟皇上，有人看見刺客逃進了藏龍院！我們正在搜捕！」

李公公說：「吳媽，你有看到人進來嗎？」

吳媽說：「皇上，我沒看見。」

李公公突然問：「皇孫呢？朕的皇孫呢？」

李慈林走到冬子的門前，「皇孫，你聽見我說話了嗎？」

冬子的心提到了嗓子眼，牛眼男人不住地朝他使眼色。

冬子吞嚥下一口口水，努力使自己顯得平靜：「聽見了，外面怎麼那麼吵呀？」

李慈林說：「你看見有人跑進你房間裡嗎？」

冬子說：「什麼人呀，鬼都沒有一個！你們吵死人了，也不讓人好好睏覺！」

李慈林對李公公說：「皇上，皇孫沒事。」

李公公說：「沒事就好，沒事就好！你帶幾個人在這裡守著我們，讓其他人趕緊四處搜查，不能讓他跑脫了！」

李慈林說：「好的，皇上！」

過了好大一會，冬子打開了門，走到燈火通明的廳堂裡，他裝模作樣地揉著眼睛，打著呵欠，沒好氣地說：「你們這是在鬧什麼哪，吵得人都睡不著覺！」

李慈林往他的房間裡瞥了一眼。

他想進去看看，可沒有移動腳步。

上官文慶躺在李紅棠的懷裡。

他喃喃地說：「紅棠，我媽姆死了，真的死了嗎？」

李紅棠說：「文慶，你別說話，你會好的！」

上官文慶說：「紅棠，我聽到媽姆在喚我，一直在喚我——」

李紅棠說：「文慶，我曉得，你心裡難過。」

上官文慶不說話了，靜靜地躺在李紅棠的懷裡，像個嬰兒。

李紅棠也想起了母親，歷盡了千辛萬苦也沒有找到的母親，她現在是死還是活？她想再次踏上尋找母親的道路，可是，她聽說父親已經不讓人離開唐鎮了，況且，上官文慶病得如此厲害，她也不忍心扔下這個唯一可以和她相依爲命的可憐人。她幻想著他病好後，可以和她一起再次踏上尋找母親的道路。

上官文慶突然睜開了眼。

他說：「紅棠，我又要蛻皮了，你不要怕呀！」

李紅棠說：「我不怕，我抱著你，一直抱著你，不讓你離開我的身邊！」

上官文慶的頭皮又裂開了。

李紅棠眞切地聽到了他頭皮裂開的清脆聲音。

上官文慶沒有像前幾次蛻皮那樣叫喊，也沒有了恐懼。

只是他的身體不停地扭動……

脫完皮後的上官文慶渾身嫩紅，就像是初生的嬰兒，靜靜地躺在李紅棠赤裸的懷抱裡，她用自己的體溫溫暖著安詳的上官文慶。

李紅棠沒有流淚，只是覺得自己的眼睛熱呼呼的。她深情地凝視著這個男人，感到前所未有的幸福。突然，她感覺到自己的身體也有了變化，微妙的變化。

她不曉得自己會變成什麼樣。

李紅棠覺得上官文慶一次次的蛻皮是在重生，爲她而重生！他現在就變成了剛剛出生時的模樣，也許他會漸漸長大，長成一個偉岸的男子，保護她愛惜她。如果眞的這樣，她會等他長大，呵護他長大，哪怕用一生的精力。

上官文慶睜開了眼。

他驚訝地說：「紅棠，你好美——」

是的，他看到了李紅棠從前的那張美麗的臉。

他認定，蛻皮就是上天對自己的考驗，只有經歷萬般的痛苦蛻變，才能得到美好的愛情。

李紅棠喃喃地說：「我已經如此醜陋了，你還對我如此癡情，這是爲什麼呀，文慶——」

上官文慶幸福地閉上了眼睛。

李紅棠緊緊地把他摟在懷裡，彷彿這一生都不會再放手。

李公公魂不守舍地坐在太師椅上，讓胡文進畫像。潛入李家大宅的刺客沒能抓住，這對他的打擊很大。他心裡把正月初六出現在唐鎮的陌生人和這個刺客緊密地聯繫起來，心裡感覺到大事不好，便心生惶恐。他不時地問胡文進：「你什麼時候才能畫完？」

胡文進說：「皇上，很快了，沒幾日了！」

「沒幾日了，沒幾日了——」李公公喃喃地說。

這話裡是不是隱藏著什麼玄機？李公公心驚膽戰。

此時，在寶珠院的書房裡，余老先生正在讓冬子背《三字經》：「人之初，性本善；性相近，習相遠……」

冬子嘴巴裡機械地背誦著，眼睛卻盯著手中拿著戒尺坐在對面打瞌睡的余老先生。他心急如焚，離二月二越來越近了，要是那個牛眼男人告訴他的話不傳到那些善良的人耳中去，那就完了。讓誰傳出去呢？李家大宅誰可以信任？他自己根本就出不去，就是通過那個地洞逃出去，也要經過城門才能進入唐鎮，沒有說什麼就會被守城的兵丁抓回來。而且這事情是不能張揚的，牛眼男人告誡過他，不能告訴任何人！他是不會把這個祕密告訴李公公他們的，可他不能不告訴那些善良貧苦的人們！

冬子突然不作聲了。

余老先生馬上就警醒過來，渾濁的老眼盯著他，「怎麼不背了，是不是又皮肉發癢了，想挨打了？」

冬子盯著他，心想，余老先生應該是李家大宅裡最可靠的人，而且，也是最良善的人，他除了看戲和教冬子讀書，很多事情都不清楚，也不過問。他也是個能夠自由出入李家大宅的人，沒有人對他設防。

余老先生站了起來，走到他面前，揮了揮手中的戒尺說：「你聽見我剛才的話了嗎？」

冬子點了點頭，「聽見了！」

余老先生說：「那你爲什麼不繼續？」

冬子冷冷地說：「都要大難臨頭了，還念什麼《三字經》！」

余老先生努力地睜大眼睛說：「你說什麼？大難臨頭？」

冬子認眞地說：「是的，大難臨頭！」

余老先生說：「這怎麼可能？怎麼可能？」

冬子說：「你知道戲班班主被吊死在戲台上的事情嗎？」

余老先生驚惶地搖了搖頭，「有這樣的事情？」

冬子冷冷地說：「豈止這一件事情，你還知道那些外地的客商被殺的事情嗎？」

余老先生囁嚅地說：「你說的是眞的？」

冬子點了點頭，「眞的！還有很多喪盡天良的事情，所以唐鎮要大禍臨頭了！我不想看到唐鎮人都白白送死，給那些惡人陪葬，所以……」

余老先生木然地站在那裡，一句話也說不出來。

因爲禁賭，余狗子成天煩躁不安，動不動就拿沈豬嫲出氣，打得她身上青一塊紫一塊的。

沈豬嫲心生怨恨。

李騷牯的死也讓她難過，發現自己還眞對那個死鬼動了眞情，在夜深人靜時爲他而哭，還偷偷地跑到他的墳地裡去燒紙。

沈豬嫲把這一切都歸罪於李公公，要不是他，余狗子也不會天天把她當出氣筒，李騷牯也不會死！

沈豬嫲沒有想到厄運同樣會降臨到她身上。就因爲她那張喜歡亂說話的嘴巴。如果她能夠管住自己那張臭嘴，或許什麼事情都不會發生。

這天上午，沈豬嫲沒有覺得有什麼異常，照常在賣完菜後，把留下來的菜送到胡喜來的小食店裡去。給菜過秤時，胡喜來瞥了她臉上的一塊青紫，隨口問道：「余狗子又打你了？」

沈豬嫲氣不打一處來，「這個挨千刀的，就知道欺負我，在外面卻像隻死貓！我前世造了惡喲，今生遭報應，嫁給了這條癩皮狗！唉，也怪那個死太監，要不是他禁賭，我家那條癩皮狗也不會這樣對待我！」

胡喜來頓時大驚失色，「你怎麼能夠這樣說皇上？」

沈豬嫲也意識到自己失口，嚇壞了，「喜來，我什麼也沒說，什麼也沒說！」

胡喜來說：「你趕快走吧，你亂說話，不要連累了我。」

沈豬嬤匆匆地走了。

對面雨來客棧的老闆余成訕笑著走過來，對胡喜來說：「剛才你們在說什麼呀？」

胡喜來慌亂地說：「我們什麼也沒說，什麼也沒說！」

余成冷笑道：「那你緊張什麼？」

胡喜來故作鎮靜地說：「我有緊張嗎？你不要搞錯了。」

余成說：「死鴨子嘴硬，你不要裝模作樣了，你們說了些什麼，我聽得一清二楚！如果你請我喝一頓酒，那麼我就什麼也沒聽見，否則——」

胡喜來抹了抹額頭上的冷汗，「好說，好說，不就是一頓酒嘛，你隨時都可以來喝！」

余成呵呵一笑，「好吧，等我想喝酒了就來找你！」

其實，余成因為禁賭，又加上沒有外鄉人來住店，收入成了問題，心情也糟糕透頂，看他們神情緊張，就過來拿胡喜來尋開心。沒想到，他的一句玩笑話，讓胡喜來陷入了巨大的恐懼之中。胡喜來琢磨，被余成抓住了把柄，那可不是一頓酒那麼簡單，只要他不高興了，隨時都有可能來敲詐，如果不順他的心，他到李家大宅去告發，那就死定了。

李慈林的毒辣手段，胡喜來像許多唐鎮人一樣，看在眼裡，記在心上！余成走後，他哭喪著臉對老婆說：「你看這事情弄成這樣，可如何是好！我的運氣怎麼就這樣背呀！總是不小心踩到臭狗屎！」

老婆說：「早就讓你離沈豬嬤遠點，你就是不聽，唐鎮又不是她一個人賣菜，我看你是鬼迷心竅了！現在麻煩來了，我看你怎麼收場！」

胡喜來嘆了口氣，「唉，我要曉得怎麼收場，我和你說什麼呀！」

老婆說：「沒錯，沒事你就什麼話都不和我說，有事了就來找我，我算是看透你了！」

胡喜來焦慮極了，「都什麼時候了，你還說鬼話，你要看著我被李慈林拖去活剮，你才滿意，對不對？」

老婆想了想說：「我看還是先發制人！」

胡喜來說：「此話怎講？」

老婆說：「你眞是傻透頂了，你先去告發沈豬嬤，不就擺脫了干係，萬事大吉了嘛！」

胡喜來說：「這樣好嗎？沈豬嬤也不是什麼壞人，就是嘴巴爛，要是沈豬嬤被抓去活剮……」

老婆咬著牙說：「到這個地步了，你還替她說話，你是不是和她有什麼見不得人的事情？告訴你吧，到時候被她害死，我是不會給你收屍的！你自己好好考慮，該怎麼辦由你了！」

胡喜來額頭上冒出了豆大的汗珠。這眞是大白天裡碰到鬼了。

胡喜來想，自己該怎麼辦？是聽老婆的話去告發沈豬嬤，還是憑良心做人，把這事情爛在肚子裡？

這是個有關生死的抉擇！

正午時分，沈豬嬤正在餵小兒子吃飯，突然幾個兵丁破門而入，兇神惡煞地出現在她面前。沈豬嬤心裡十分明白，大事不好了。

她心裡罵道，胡喜來，你眞是個豬狗不如的東西！

她裝作若無其事的樣子，對那些兵丁說：「你們這是——」

那些兵丁二話不說，撲上去就把她綁了，押著她，推推搡搡而去。

她的小兒子嚇壞了，噉噉大哭。聽到哭聲，躺在床上的余狗子大吼了一聲，「鬼叫什麼呀，老子還沒有睡夠呢！」等他的大兒子驚惶地進來告訴他，沈豬嫲被抓走了，余狗子才覺得要出大事了！他的腦海一片昏糊，他這一生最大的災難來臨了。

沈豬嫲被綁在李家大宅門口，漸漸地，圍觀者多了起來。沈豬嫲欲哭無淚，她真恨自己，怎麼就記不住教訓，還是如此口無遮攔，這次被抓住，也許不是挨打那麼簡單了。想到被活剮的約翰，她的頭皮一陣陣發麻，李慈林會不會也活剮了她……越想越害怕，汗水濕透了衣裳，尿水也禁不住流了下來。

圍觀的人們聞到了濃郁的尿臊味，他們都用手捂住了鼻子。

沈豬嫲看著眼前這一張張麻木的臉，心裡的悲哀和恐懼到了極點，這些人救不了她，誰也救不了她！她的目光在人群中搜尋余狗子和兩個孩子，上次在土地廟前，他帶著孩子來救她，沈豬嫲還感動過，今天他們會不會來？

街上的人們紛紛地往李家大宅門口趕。

胡喜來把店門關上了，他們一家躲在店裡，不敢出門。他覺得自己對不住沈豬嫲，也無臉見唐鎮人，告發沈豬嫲的事情要是被大家知道，誰還敢和他來往，誰還敢到他的小食店吃東西。

李駝子也把店門關上了。他臉色陰沉地朝興隆巷走去。他的手上提著一個大布袋，布袋裡塞滿了鼓鼓囊囊的東西。

李慈林走出了李家大宅的大門，站在台階上，面對人群大聲說：「大家都曉得，最近我們唐鎮流傳出很多謠言，說什麼李騷牯將軍是劫匪，還說什麼皇上請大家看戲和修土地廟是收買人心……

我們不禁要問，這些謠言是從誰的嘴巴裡傳出來的？經過我們的調查，終於水落石出，這個造謠的人就是沈豬嫲！就在今天上午，這個惡婦還當著人家的面惡毒詆毀我們的皇上。我們一次次地放過她，就是想讓她有悔改之心，做一個好婦人！沒有想到，這個惡婦卻根本就不思悔改，還變本加利，大肆造謠生事，到了令人髮指的地步，我們不能再對她手軟了！」

李慈林最後一句話剛剛說完，沈豬嫲感到無比的絕望，一口氣憋不過來，昏死過去。

她昏死過去之前，沒有見到余狗子帶著兒子們前來。

余老先生從李家大宅裡戰戰兢兢地走出來，看到五花大綁的沈豬嫲，又想起冬子告訴他的那一切，頓時目瞪口呆。突然，人群中有人喊了一聲：「造惡喲——」

人們的目光落到了這個人的身上。這個人就是平常與世無爭的李駝子。

李慈林對他說：「駝子叔，你說什麼？」

李駝子艱難地仰起頭，悲聲說：「我聲明，我不是你的叔，我也不敢做你這個爲虎作倀的衣冠禽獸的叔！我說的是，你們這樣做，是造惡！我勸你把沈豬嫲放了，她沒有造謠，她只是個可憐的婦人！你剛才說的那些事情，都是我散布出去的，我沒有造謠，我說的是實話，目的就是爲了讓大家認清你們的眞面目，你們不是在爲唐鎭人造福，而是給唐鎭製造災難！如果說實話也有罪，那你們就把我殺了，我連哼都不會哼一聲。」

李駝子的話說完後，全場鴉雀無聲。

李慈林的臉一陣紅一陣青，渾身發抖，什麼話也說不出來。

李駝子旁若無人地把布袋裡的東西倒了出來，大家看到地上出現了一堆紙錢。他把布袋往旁邊一扔，點燃了那堆紙錢。人群騷動起來，他們不知道李駝子爲什麼要這樣做。

李駝子點燃紙錢後，站起來，又一次艱難地仰起臉，朗聲說：「這紙錢是爲我自己燒的，因爲我曉得死後再不會有人爲我燒紙，我有自知之明！還有，這紙錢也是爲李太監燒的，因爲他死後也不可能有誰爲他燒紙，他作惡多端哪！另外，這紙錢也是爲你們大家燒的，因爲災難很快就會降臨到你們頭上，大家都死了，誰還會爲你們燒紙！我這一生做的紙錢都要賣錢的，這一回，我免費燒給大家，請大家笑納！」

在場的人都面面相覷。

李慈林再也按捺不住了，吼叫一聲朝李駝子撲過去。他飛起一腳踢在李駝子的臉上，那一腳用了多大的力量，只見李駝子的嘴上噴出了一口鮮血，他的身體在地上翻了幾滾！

人們看見李紅棠撲過來，抱住了李慈林的腿，喊叫著：「爹，你不能這樣做呀，不能再殺人了，會有報應的呀，爹——」

她又對李駝子喊叫道：「駝子伯伯，你又何苦呢，你快跑呀，快跑——」

李慈林對手下的兵丁吼道：「還不快給老子把她拉走，送回家裡去，把門鎖起來，不要再讓她出來丟人現眼了！」

衝過來兩個兵丁把李紅棠拖走了。

李紅棠撕心裂肺的喊叫聲還在繼續，「爹，你這樣做要遭報應的呀——駝子伯伯，你快跑呀，快跑呀——」

李駝子背朝天撲倒在地上，側過臉，看著蒼老的李紅棠被拖走，眼眶裡湧出了渾濁的老淚，「可憐的孩子，可憐的孩子——」

李慈林走到他跟前，眼睛血紅，太陽穴的血管暴突，野獸般嚎叫著，用腳重重地踩在李駝子高高隆起的背上。

人們都睜大了驚恐的眼睛，目睹了發生在唐鎮慘烈的一幕。

李慈林兇殘地踩踏著李駝子的背，口裡吼叫著：「死駝背佬，你一生都弓著背，老子今天給你把身弄直，讓你死了能夠直直地放進棺材！」

人們聽到李駝子身上骨頭碎裂的聲音，他的頭直直地仰起來，眼睛暴突，臉被扭曲，緊緊地咬著牙，血水還是不停地從他嘴唇間滲出，他硬是沒有叫一聲。

李慈林每踩一下，他仰起的頭就抖動一下。

冬子衝出了李家大宅，被一個兵丁死死抱住。

他喊叫著：「爹，你不能這樣！不能這樣——」

余老先生喃喃地說：「這是真的嗎？這是真的嗎？」

李慈林瘋狂地踩踏著李駝子，誰也不可能阻止他施暴，他心裡已經沒有了天日。李駝子突然張開嘴巴，噴出幾大口鮮血，然後頭栽在地上，抽搐了幾下，就一動也不動了。這時，李慈林還沒有停住腳，仍舊不停地踩踏著李駝子，骨頭碎裂的聲音還不停地傳進人們的耳中。

冬子哭喊道：「駝子伯伯，你不能死呀，我還欠你紙馬的錢沒有還哪——」

沈豬嫲睜開了眼睛，也看到了那殘暴的一幕。

她的下身又禁不住流出了熱呼呼臊烘烘的尿水。

第二十章

朱銀山跑進藏龍院的廳堂裡，跪在心神不寧的李公公面前，連聲說：「慈林丞相瘋了，慈林丞相瘋了！」

李公公拿起龍頭拐杖，在地上使勁跺了一下，顫聲說：「起來吧，好好說！」

朱銀山臉色蒼白，兩腿發軟，驚恐地說：「慈林丞相把李駝子踩死了，好嚇人呀，全鎮人都嚇傻了。皇上，不能再這樣殺人了，會把所有人都嚇死的，不能再這樣殺人了！皇上，求你饒了沈豬嫲吧，不能再殺人了呀！」

李公公陰冷地說：「死罪可免，活罪難饒，你讓慈林把她的舌頭割了吧！放她一條生路，看她以後還怎麼胡說八道！」

朱銀山又跪下，給李公公磕頭，「謝皇上，謝皇上——」

李公公頹然地坐在太師椅上，有氣無力地說：「快去吧——」

朱銀山從地上爬起來，戰戰兢兢地跑了出去。

沈豬嫲沒有被千刀萬剮，而是被瘋狂的李慈林割了舌頭。沈豬嫲在劇烈的疼痛中還在尋找余狗子和兒子們的臉孔，可她沒有找到，她的心中充滿了從未有過的絕望。兵丁給她鬆綁後，余老先生讓兩個同宗女人扶著她去了鄭士林那裡，給她的斷舌止血。

唐鎮人真正感覺到了恐懼，如果殺外鄉人他們麻木不仁，那麼殺本地的鄉親，恐懼便是如此的切體切膚，因為他們不知道哪天，厄運就會無情地降臨到自己的頭上。

特別是李時淮一家，更加惶惶不可終日。

第二天，沈豬嫲失蹤了。

有人在姑娘潭邊發現了沈豬嫲一年到頭都穿著的那雙木屐。

有人說她跳進姑娘潭自殺了，可沒有人能夠找到她的屍體。很久以後，有去山裡打柴的人回來說，碰見過沈豬嫲，傳說她在深山裡和一個老蠱婦學習蠱術，學成後，經常下山去禍害男人，弄得唐鎮的男人提心吊膽……

光緒三十年二月初一晚上，李公公決定讓戲班演一場戲。他照例請朱銀山等王公大臣來看戲，當然也請了戲癡余老先生，不過，余來先生下午就告假回家了，說是家裡出了點事，要回去處理，走時神色倉皇。李公公有些遺憾，在唐鎮，能夠和他談戲的人，也就是余老先生了，其他人都只是看熱鬧的人，根本看不懂門道。自從李公公登基大典在李家大宅門口唱過戲，直到現在，戲班子沒有再在唐鎮公眾面前演過。唐鎮人想，李公公再不會請大家看戲了，看戲成了唐鎮普通百姓的一種奢望，每當他們聽到戲音從李家大宅飄出，他們的心就會癢癢的，產生各種不同的想像。

李公公帶著冬子進入鼓樂院中間的那個包廂，他拉著冬子的手，冬子低著頭，無精打采的樣子。冬子心中十分不安，明天就是二月初二，這是個什麼樣的日子，他無法想像。冬子偷偷地瞥了一眼旁邊正襟危坐的李公公，發現他今夜特別鎮定，其實，李公公這些天都很惶恐。

冬子根本就不想看什麼戲，也沒有心思看戲。他擔心的是余老先生到底有沒有把他的話帶出去，告訴那些無辜的人們。同時，他也在考慮，牛眼男人說的話是不是真的？或許他真的是江洋大盜，那麼，冬子讓他從地洞裡逃走是個重大的錯誤……李公公很奇怪，今夜非要拉他來看戲，冬子毫無辦法，目前，他還沒有自由的權利。

戲開演前，戲班的鼓樂手照例要先試試音調，鼓樂聲就會飄出李家大宅，人們就知道，李家大宅裡面又有戲唱了，人們的胃口又被吊了起來。

阿寶也聽到了那動人的鼓樂聲。他默默地溜出了門。

那時，阿寶的父親張發強正在廳堂裡打造棺材，最近，他一直在打造棺材，他還說過，照這樣下去，還不如開個棺材鋪更賺錢，這年頭，死個人就像屙泡屎那麼容易！

阿寶朝興隆巷走去。

路過李紅棠家門口時，阿寶的心抽動了一下，她此時在幹什麼？阿寶抬頭望了望李紅棠家的小閣樓，小閣樓裡沒有燈光透出，這讓他十分難過，阿寶心裡一直擔心著李紅棠的安危。

阿寶沒有像那個寒冷的晚上一樣，靠在李家大宅的大門上聽戲，他來到了鼓樂院的院牆外，躲在最能聽清鼓樂聲的院牆下，準備聽戲。阿寶心裡特別激動，這是初春溫暖的夜晚，他從口袋裡掏出那塊畫著趙紅燕頭像的白布帕，放在鼻子下，深深地呼吸，彷彿有茉莉花的香氣在他的五臟六腑滲透。

阿寶閉上了眼睛，等待著趙紅燕如鶯的聲音傳入自己的耳朵……

趙紅燕終於登場了，她一亮相，就博得了一片掌聲。

冬子抬起了頭，凝視著戲台上的趙紅燕，發現她的眼神特別怪異。

趙紅燕沒有像往常那樣，亮完相就開唱，只聽她悲戚地喊叫道：「夫君呀，這天太黑，這人太惡，娘子無法爲你報仇了，你來接我，我隨你去了——」

說完，她就一頭撞到台邊的柱子上……冬子睜大眼睛，緩緩地站起來，喃喃地說：「你爲什麼不熬過這個晚上，爲什麼？」

鼓樂聲戛然而止。

李慈林瘋狂地跳上戲台，抱起趙紅燕癱軟的身體，渾身顫抖，什麼話也說不出來。

鮮血在趙紅燕的頭臉上開出了絢麗的花。

這是初春最絢麗的死亡之花。

阿寶沒有聽到趙紅燕如鶯的歌聲，心卻像被沉重的石頭擊打了一下，異常的疼痛。他目瞪口呆地站起來，手中的白手帕被一隻無形的手扯落在地，然後緩緩地飄起來，白手帕發出一種幽藍的亮光，魂魄般飄向無邊無際的夜空……

突然的變故使李公公驚駭不已。他拉著冬子的手，匆匆回到了藏龍院。李公公站在廳堂中央，出神地凝視正壁上掛著的那幅墨汁未乾的畫像。這幅畫像，李公公十分滿意，下午才畫完，也就是因爲此事，他很高興，才決定在這個晚上唱大戲的！沒想到，會是如此的結局。李公公長長地嘆了一口氣，怪聲怪調地說：「難道朕眞的氣數已盡？」

冬子默默地進入了自己的臥房，悄無聲息地閂上了門。

他感覺到自己和李公公是兩個世界裡的人，這扇門已經把他們徹底分開！他們永遠也不會再見面，冬子也不可能再和他見面。他只希望李公公有來生的話，做個好人，做個正常的人。

這是冬子淳樸的願望。

冬子想到了父親李慈林，在離開鼓樂院時，他和父親說過一句話，「爹，你在辮子上綁上一塊白布吧，千萬不要摘下來！」

他不知道父親有沒有這樣做。

冬子進入臥房後，鑽進了地洞，就再也沒有從這裡出來。

這個晚上，唐鎭許多人家都在自家的門楣上掛上了柳樹的枝條，有些人還在自己的辮子上綁上了白布條。他們不知道爲什麼要這樣做，只是聽從了余老先生的話，也有人沒有這樣做，他們覺得這樣做很莫名其妙，其中就有李慈林的仇人李時淮。

不計其數的死鬼鳥在黑暗中從四面八方聚攏過來，在唐鎭城牆上淒厲地鳴叫。

唐鎭人心驚肉跳，惶恐不安。

光緒三十年二月初二子時剛過，唐鎭黑暗的天空劃過一道巨龍般的閃電，緊接著，驚雷炸響，唐鎮開始了一場大屠殺。數百名清兵在那個牛眼男子的帶領下，從地洞進入了李家大宅。喊殺聲震天動地。

牛眼男子在那個地下密室裡找到了李公公。

他戴著皇冠，穿著龍袍，盤腿坐在蒲團上，懷裡抱著一個陶罐。

李公公雙眼緊閉，面無表情。

牛眼男子站在他的跟前。

李公公睜開了眼睛，冷冷地看著這個「江洋大盜」。李公公緩緩地站起來，突然厲聲說：「朕在此，爲什麼不下跪！」

牛眼男子呵呵大笑。

李公公在他的笑聲中哆嗦起來。

牛眼男子笑完後，鷹隼般的目光逼視他，「你作惡多端，死期已到！」

李公公顫抖著說：「你們不去殺洋鬼子，卻來殺自己的同胞，你們是什麼東西！」

牛眼男子冷冷地說：「像你這樣邪惡的叛賊，當誅！」

說完，他手中的刀就朝李公公捅過去。

剎那間，一個人撲過來，擋住了他那凌厲的一刀。

這個人是吳媽。她的口中噴出了一大口鮮血，瞪著眼說：「你，你不能殺皇上——」

牛眼男子從吳媽肚子裡抽出染血的鋼刀，吳媽歪歪斜斜地撲倒在地。李公公的眼中流下了淚水，他喃喃地說：「吳媽，你怎麼這樣傻，你替我去死，不值呀！爲什麼這個時候李慈林他們都不見了呢，只剩下你一個婦人替我去死！朕追封你爲皇后！」

他的雙手還是死死地抱著那個陶罐。

牛眼男子揚起手中的刀，朝李公公的脖子上砍過去！李公公的頭飛出去，砸在牆上那幅富態老女人的畫像上，然後掉在地上，李公公的那雙眼睛還是那樣陰森森地睜著。李公公手上的陶罐也像他的頭一樣掉落在地上，碎了。陶罐裡用紅布包著的李公公的命根子混在碎片之中。牛眼男子冷笑了一聲，一腳朝它踩了上去。

他使勁地用腳底碾壓著李公公用心呵護了一生的命根子，彷彿聽到李公公絕望的哭聲！碾壓完後，牛眼男子掏出自己的命根子，朝李公公血肉模糊的頭上撒上一泡熱呼呼的臊尿。尿水混合著血水把被碾碎的李公公的命根子浸泡起來。然後，牛眼男子狂笑而去。

李慈林瘋狂地砍殺著官兵，一直殺出了李家大宅。他沒有去保護李公公，也沒有去保護冬子。

李慈林雙眼血紅。此時，他心裡只有兩個字：「報仇！」

就像是一場噩夢，他心裡建立起來的權力和希望在官兵的屠殺中崩塌！眼看大勢已去，他還沒有報殺父之仇，死不瞑目呀！

李慈林提著血淋淋的鋼刀衝進了李時淮的宅子。官兵在李時淮的宅子裡亂砍亂殺。李時淮癱倒在一個角落裡，渾身瑟瑟發抖。他看到李慈林殺進來，好像看到了希望，「慈林，救我——」

李慈林殺到李時淮面前時，一個官兵揮刀砍死了白髮蒼蒼的李時淮。

李慈林呆了。

他最終還是沒有親手殺了仇人！

他的一切努力都白費了！

李慈林突然怒吼一聲，衝過去，把那殺死李時淮的官兵砍翻在地。

官兵死了，李慈林還在他的身上亂砍著，嘴裡說著誰也聽不懂的話。其他官兵見狀，都不敢靠近，神色驚惶地望著瘋狂的李慈林。

官兵在唐鎮大肆屠殺，直到天亮。

門楣上掛了柳樹枝條的人家都幸免於難，沒有掛柳枝的人家全部殺光，無論男女老少。

天上雷聲不斷。

天亮後，烏雲翻滾的天空中落下了瓢潑大雨。

冬子獨自站在唐溪邊上，看著漸漸被唐鎮流出的血水染紅的溪流，腦海一片迷茫。

雨水把他渾身上下淋得濕漉漉的，往下淌著水，他卻感覺不到寒冷。

突然，他聽到了喊叫聲。

冬子轉過身，看到手提鋼刀渾身是血的父親李慈林從唐鎮西門跑出來。

牛眼男子帶了幾十個清兵在後面追趕。

父親的辮子上沒有綁白布條，冬子的心異常疼痛。他不希望自己的父親被殺死，儘管他作惡多端。

李慈林跑過了小木橋，然後往唐溪下游的方向跑去。追趕著他的那些清兵揮舞著手中的鋼刀，喊聲如潮。李慈林跑到了野草灘上，突然轉過身，面對著呼嘯而來的清兵，大吼道：「狗屌的，你們都一起上吧，老子和你們拚了！」

他的御林軍已經被殺光了，就連鄰近鄉村趕過來增援的那些團練也被清兵殺光了！該殺的或者不該殺的唐鎮人都被清兵殺光了，現在，只剩下李慈林一個人！

身穿皂衣的牛眼男子帶著清兵站在了李慈林面前。牛眼男子厲聲說：「把刀放下，饒你一死！」

李慈林吐出一口帶血的濃痰，「有種就上來把我砍死吧，男子漢大丈夫，寧願站著生，不願跪著死！」

牛眼男子說：「我欽佩你是條漢子，我再說一遍，只要把刀放下，就饒你一死！」

李慈林憤怒地說：「別囉唆，要我放下刀，你做夢去吧！有種就上來！」

牛眼男子說：「好，有骨氣！今天我讓你死個明白，讓你知道是死在誰的手裡！明白告訴你，我是汀州府的捕頭江上威！你死在我手裡，也不虧了你！」

說完，他就揮刀衝了過去！

李慈林和他絞殺在一起。

那些清兵看得眼花撩亂。

突然，他們停了下來。只見雙方身上都中了刀，鮮血淋漓。

李慈林吐出了幾口鮮血，扭頭就走，沒有走出幾步，腳底被什麼東西絆了一下，撲倒在草地上，他來不及跳起來，江上威就揮了揮手，那些清兵追了上去，亂刀朝李慈林的身上劈下去。

李慈林慘叫著，手被砍下來了，腳也被砍下來了……那些人把他被砍下來的手和腳扔得遠遠的。

李慈林再也喊不出來了，傷殘的身體到處都在冒血，那血像噴出的泉水……李慈林的頭被江上威一刀砍了下來。江上威怪笑著，提起李慈林的頭，遠遠地扔出去。

李慈林的頭落在了一片枯草之中，他的眼睛還圓睜著，幻化出許多情景：父親被殺死……游老武師收留了他，教他武功，像父親那樣對待他……他替師父擋了那一刀……游秤砣像對待親兄弟那樣對待他……游老武師把自己的掌上明珠游四娣許配給了他……游四娣對他的好……一家人在一起時的天倫之樂……李公公把金子放在他面前，告訴他一個驚天的陰謀，想到自己的殺父之仇，看著那些金子，他竟然答應了李公公……他把放了毒的酒給游秤砣喝，讓他慢慢死去……一切不可再重來，李慈林的眼睛裡流下了淚，他一生沒有流過淚，卻在死後，流下了兩行淚。

有一張畫滿符咒的黃裱紙從五公嶺方向幽幽地飄過來，貼在了李慈林的額頭上，他的眼睛裡掠過驚懼之色，然後慢慢地合上了，還有淚水從他的眼角不停地滲出來。

冬子隔著唐溪，眼睜睜地看著李慈林被人殺死。

冬子站在那裡，腳像生了根，怎麼也動不了。

他不曉得李慈林的頭被砍下來的時候，有沒有看到自己……那情景和他做過的噩夢相差無幾。

冬子突然喊叫道：「爹——」

他跑上了小木橋，朝溪對岸跑去，可是，他沒有跑到對岸，就一腳踩空，掉落到唐溪裡。

唐溪籠罩在血光之中，溪水波濤洶湧。冬子聽到許多叫喚聲從溪水裡傳出。冬子渾身顫抖，內心恐懼，波濤洶湧的大水令他恐懼，那尖銳冰冷的聲音也令他恐懼。更令冬子恐懼的是，溪水變得血紅，唐溪裡咆哮的是滿溪的血水，溪水裡突然伸出許多血肉模糊的手，那些手發出尖銳冰冷的吶喊！冬子喊叫著，血水一口口往他的嘴巴裡灌，溪水裡的一隻手抓住了他的腳，又一隻手抓住了他的另外一隻腳。他無聲地喊叫著，被強有力的手拖入到冰冷刺骨的血水中。他在血河裡沉浮，掙扎……

這也和他做過的噩夢一模一樣！

冬子沉浮著往下游漂去。

雨水密集起來。

溪水越來越湍急。

野草灘上的清兵發現了溪水中的冬子，他們不知道在說著什麼。

江上威看到了咆哮的溪水中的冬子，不顧一切地跳下了唐溪……

唐鎮飄浮著濃郁的血腥味和死屍散發出的腐臭。唐鎮有一半以上的人成了官兵的刀下鬼。官兵屠殺完後，就潮水般退去，留下了一個死氣沉沉的鬼魂哀號的唐鎮。江上威把冬子從血河裡救起來後，要把冬子帶走，冬子沒有答應他。冬子哀求江上威把父親李慈林的屍體埋了。江上威答應了他，就讓官兵在野草灘挖了個坑，把李慈林的屍首埋了進去。就在他們離開後不久，一個尼姑站在埋葬李慈林的地方，低垂著頭，默默地念叨著什麼。

冬子掉進唐溪的時候，手中還攥著那個銀色的十字架。他感覺到有股力量不停地把他從咆哮的血水裡托起來，彷彿有來自遠天的天籟之音在召喚著他。讓他萬分不解的是，那個銀色的十字架在他獲救之後就不見了，不知道是遺落在唐溪裡了，還是……冬子心裡像失去了有生以來最重要的東西，異常的難過。他希望在未來的某一天，那個銀色的十字架會重新出現在他的眼前，給他帶來某種心靈的安慰和靈魂的救贖。

冬子獨自走進了唐鎮，唐鎮剩下的人在清理著屍體。他們把屍體堆在李家大宅外面的空坪上，堆起來的屍體像一座小山。胡喜來最先發現了落寞地走在街上的冬子，突然朝冬子撲上來，一把抓住了他，喊叫道：「大家來看哪，李慈林的兒子竟然沒有死哇——」

人們見到冬子，頓時把對李公公和李慈林的怒火發洩到他的頭上，大呼小叫著要打死他，冬子被打倒在地。他沒有躲避，也沒有喊叫，只是默默地承受著……就在冬子快要被打死的時候，余老先生帶著張發強跑了過來，後面還跟著阿寶。余老先生大喊道：「你們給我住手——」

張發強一手提著斧子，也怒吼道：「你們給老子住手，誰再敢碰冬子一下，老子就用斧頭劈開他的腦袋！」

人們停止了對冬子的毆打，愣愣地看著余老先生他們。阿寶趕緊在冬子的跟前蹲下，抱起了他的頭，冬子鼻青眼腫，嘴角流著鮮血，他朝阿寶苦澀地笑了笑，輕輕地說：「阿寶，你活著，真好！」

胡喜來瞪著眼睛說：「爲什麼要放過他！」

張發強那時正在打造棺材，余老先生告訴他冬子的事情後，這才匆匆趕過來。張發強手中的斧子在胡喜來的眼前晃了晃，「你這個沒良心的狗東西，如果沒有冬子讓余老先生出來告訴你們，在門楣上掛柳枝和在辮子上綁白布條，還有你們的活路？你們要打死冬子，這是恩將仇報哪！」

余老先生也說：「張木匠說得沒錯，是冬子救了我們！冬子是我們唐鎮的大恩人哪！以後我們唐鎮人要把冬子當菩薩一樣供起來！」

這時，鄭士林父子也趕了過來，鄭老郎中看了看奄奄一息的冬子，趕緊說：「你們還在這裡囉唆什麼，還不快救人！趕快把他抬到我藥鋪去！」

大家面面相覷。

張發強扔掉手中的斧子，抱起了冬子，朝鄭士林的中藥鋪奔去。

大家跟在他的後面。阿寶撿起地上的斧子，也跟在他們的後面。

胡文進也走過來，跟在了他們的後面，戲班的其他人都獲救了，獲救後在第一時間裡離開了噩夢般的唐鎮，只有他沒有離開。後來，他在唐鎮住了下來，專門給死去的人畫像，也許，這是他自我救贖的一種方式。

唐鎮人聞到了一股香味，這是蘭花的香味。這股香味從李紅棠的家裡散發出來，剛開始只是一股幽香，然後漸漸濃郁，彌漫在唐鎮的每個角落，驅除著令人作嘔的屍臭和血腥味……冬子拚命地敲著門，喊叫著：「阿姐，阿姐——」

阿寶也喊叫著：「阿姐，冬子回來了，開門，開門——」

沒有人回答他們，也沒有人給他們開門。

其實，門是在外面鎖著的，那是李慈林讓人鎖著的，在官兵殺進唐鎮前，一直有人看守著這扇門，不讓李紅棠出去。

張發強說：「紅棠會不會出事了？」

說著，他就舉起了手中的斧子，不顧一切地劈開了門。

他們衝了進去，李紅棠家裡充滿了蘭花的香味。

他們衝上了閣樓。

他們看到了這樣一幅情景：渾身乾枯了的李紅棠懷裡抱著同樣乾枯了的上官文慶，躺在眠床上……看上去，他們死前是那麼的安詳和恩愛，彷彿用盡了最後一絲溫熱，爲對方取暖，彷彿他們相依爲命地走上了一條長長的不歸路，不用任何人爲他們送行……那奇異的蘭花香味是從李紅棠乾枯了的身體上散發出來的……

冬子孤獨地坐在閣樓上。

這個夜晚一片死寂，有微風從窗外飄進來，夾帶著血腥味。那隨風飄進來的血腥味很快就被閣樓裡蘭花的香味吞沒，消解。

許多人和事夢幻一般。

此時，冬子希望姐姐能夠復活，帶他踏上漫漫長路，去尋找在那個濃霧的清晨消失的母親。可姐姐再也不會回來了。她只留下了蘭花的氣息。

冬子在這個淒清的夜裡，突然想起了一件事情。那是他也答應過李公公的一件事情，就是在他死後，將他的命根子和屍首埋在一起。李公公的屍體和所有死者的屍體一起燒掉了，不曉得他的命根子有沒有被燒掉？儘管他和唐鎮人一樣痛恨李公公，可還是動了惻隱之心。這個世界上只有他知道李公公的哀傷，那是個可憐又可恨的人！他已經死了，一切都灰飛煙滅了，還有什麼可仇恨的呢？想到這裡，冬子決定去尋找李公公的命根子。如果找到了，就把它焚燒掉，也許李公公可以接收到它。

冬子點燃了一支火把，走出了家門。

唐鎮就像一個巨大的墳墓，陰森可怖，活著的人都不敢在夜裡出門，怕碰到那些飄忽的鬼魂。

冬子內心已經沒有了恐懼。彷彿一夜之間，他就長成了一個無所畏懼的男子漢。

他舉著火把，穿過鎮街，走向李家大宅。

李家大宅遭此大劫，已經破敗不堪。

冬子走進了洞開的大門。李家大宅裡一片漆黑，黑暗隨時都有可能把冬子手中的火把撲滅。濃郁的血腥和腐敗的氣味，使黑暗變得黏稠。

冬子進入了地洞之中，來到了那間密室。密室裡空空蕩蕩，什麼也沒有，那老女人的畫像，那裝著李公公寶貝的陶罐……都不見了。

冬子詫異的是，密室是如此乾淨，彷彿什麼都沒有發生過。

突然，一隻肥碩的老鼠叼著一根什麼東西闖進了密室。老鼠慌亂地亂竄，企圖找個小洞鑽進去。密室裡根本就沒有老鼠洞讓牠鑽，牠急壞了。就在這時，從地洞裡晃進來一個黑影。

冬子看清了，這不就是李公公嗎？

像那隻老鼠一樣，李公公根本就沒有感覺到冬子的存在，彷彿冬子是空氣。冬子睜大眼睛看著發生在眼前的一切。

李公公尖利地喊叫著：「還我寶貝，還我寶貝——」

他朝老鼠撲了過去，一個狗吃屎，撲倒在地。老鼠機靈地竄到另一邊去了。李公公從地上爬起來，繼續追逐叼著他命根子的老鼠。那一瞬間，冬子感覺到了心疼，為李公公心疼。某種意義上，冬子在那一刻，已經寬恕了李公公所有的罪和惡。老鼠竄出了密室，進入了黑漆漆的地洞，李公公尖叫著，追了出去。李公公和老鼠很快就消失了，如夢如幻。

冬子走出李家大宅。

李家大宅裡迴盪著李公公淒厲的尖叫，「還我寶貝，還我寶貝——」許多老鼠發出嘰嘰的叫聲，好像是在嘲笑那個當皇帝的太監。

這個晚上，冬子還做了個夢。

他夢見了父親。

無頭的父親手中操著一把染血的鋼刀，在唐鎮死寂的街巷遊蕩。他口裡不停地重複著一句話：

「我的仇人呢，我的仇人呢——」

張發強用了兩天時間，給李紅棠和上官文慶打造了一具超大的上好棺材，把他們一起放進棺材裡，安葬了。給他們送葬的那天，陽光燦爛，鎮上活著的人都參加了他們的葬禮。把他們埋葬後，人們還可以感覺到有奇異的蘭花香從新墳裡飄散出來。

大家都回唐鎮去了，只有阿寶和冬子留了下來。

他們坐在李紅棠他們的墳頭，默默無語。春天的陽光溫暖地傾瀉在他們身上，他們不知道唐鎮還會不會被陰霾籠罩，還會不會有突如其來的災難？一切都在不確定之中，這就是命運！突然，他們看到一個人飄過來，那是一個光頭的尼姑，她站在新墳前喃喃地念叨著什麼。冬子站起來，呆呆地凝視著她。阿寶也站起來，呆呆地凝視著她。

冬子很久才顫抖地吐出一個詞，「媽姆——」

這個尼姑就是在那濃霧的早晨失蹤的游四娣？

尼姑念叨完後，默默地拉起了冬子的手，朝西方的山路走去。

阿寶呆呆地看著他們離去，眼睛裡積滿了淚水。他不清楚冬子和那個尼姑要到哪裡去，也不知道還能不能再見到冬子。阿寶本以爲冬子可以和自己一起在唐鎮長大成人，沒想到兩人還是要分開。阿寶心裡異常傷感，疼痛極了，天空中的陽光突然變得血紅，滿天飄著白色的紙馬。冬子說過，他要騎著白色的紙馬離開，去很遠很遠的地方……

阿寶突然記起冬子問過自己的一個問題：「大年初一那天，你吃了油炸鬼嗎？什麼味道？」

阿寶朝著冬子遠遠離去的背影，大聲喊叫道：「冬子，我告訴你，我吃了油炸鬼，那味道是酸的，酸的，酸……」

二〇〇九年八月完稿於福建長汀
二〇一〇年三月修改定稿於北京

INK PUBLISHING
文學叢書 391

黑暗森林──一個太監的皇帝夢（下）

作　　者　李西閩
總 編 輯　初安民
責任編輯　鄭嫦娥
美術編輯　林麗華
校　　對　呂佳真　鄭嫦娥

發 行 人　張書銘
出　　版　INK 印刻文學生活雜誌出版有限公司
新北市中和區建一路 249 號 8 樓
電話：02-22281626
傳眞：02-22281598
e-mail: ink.book@msa.hinet.net
網　　址　舒讀網 http://www.sudu.cc

法律顧問　漢廷法律事務所
劉大正律師
總 代 理　成陽出版股份有限公司
電話：03-3589000（代表號）
傳眞：03-3556521
郵政劃撥　19000691 成陽出版股份有限公司
印　　刷　海王印刷事業股份有限公司

港澳總經銷　泛華發行代理有限公司
地　　址　香港筲箕灣東旺道 3 號星島新聞集團大廈 3 樓
電　　話　852-2798-2220
傳　　眞　852-2796-5471
網　　址　www.gccd.com.hk

出版日期　2014 年 3 月　初版
ISBN　978-986-5823-69-6

定價　230 元

國家圖書館出版品預行編目（CIP）資料

黑暗森林：一個太監的皇帝夢／李西閩著.
-- 初版. -- 新北市：INK 印刻文學, 2014. 01
2 冊；15×21 公分. --（文學叢書；390-391）
ISBN 978-986-5823-62-7（上冊：平裝）. --
ISBN 978-986-5823-69-6（下冊：平裝）.

857.7　　　　102027174